Eberhard Michaely

Frau Helbing und der verschollene Kapitän

Roman

Oktopus

Für den Blick hinter die Verlagskulissen:
www.kampaverlag.ch/newsletter

Ein Oktopus Buch bei Kampa

www.kampaverlag.ch
Satz: Tristan Walkhoefer, Leipzig
Gesetzt aus der Stempel Garamond LT / 230220
Druck und Bindung: Friedrich Pustet, Regensburg
Auch als E-Book erhältlich
ISBN 978 3 311 30009 0

I

Beherzt durchtrennte Frau Helbing die Bauchdecke und zog die Klinge ihres Schlachtmessers langsam bis zum Brustbein hinab. Dann schob sie vorsichtig Zeige- und Mittelfinger der linken Hand in den noch warmen Körper, spannte die Haut durch Druck von innen und vollendete den Schnitt in Gegenrichtung bis zu den Hinterläufen. Der Schwerkraft folgend quollen dabei Magen und Darm aus dem geöffneten Tier. Frau Helbing ignorierte den unangenehm jauchigen Geruch, der sich in ihrer Küche ausbreitete. Sie war ganz auf ihre Arbeit konzentriert. Geschickt zog sie die Innereien in einem Stück aus dem Kaninchen und warf sie in den Eimer, der zwischen ihren Füßen bereitstand.

In diesem Moment klingelte es an ihrer Wohnungstür.

Frau Helbing seufzte. Wahrscheinlich war es wieder Frau Paulsen aus dem dritten Stock. Schon immer hatte diese Frau eine schlechte Vorratshaltung gehabt, aber in letzter Zeit kam sie praktisch täglich und bat um Lebensmittel. Kaffee, Mehl, Eier, Brot – etwas schien ihr immer zu fehlen. Grundsätzlich hatte Frau Helbing kein Problem damit auszuhelfen. In den Nachkriegsjahren groß geworden, empfand sie Nachbarschaftshilfe als eine Selbstverständlichkeit. Aber Frau Paulsen versäumte es, sich zu revanchieren. In den letzten Wochen hatte sie nicht eine der geborgten Sachen ersetzt. Das konnte so nicht weitergehen. Frau Helbing bezog eine kleine Rente und musste jeden Cent zweimal umdrehen. Sie konnte es sich nicht leisten, ihre Nachbarschaft durchzufüttern. Entschlossen, mit Frau Paulsen ein klares Wort zu sprechen, ging sie durch den Flur und öffnete die Tür.

Auf dem Treppenabsatz stand Herr Paulsen. Er hielt einen großen Karton in den Armen. Mit weit aufgerissenen Augen starrte er Frau Helbing an.

»Grundgütiger!«, rief er entsetzt.

Frau Helbing fragte sich, was ihn so erschreckt haben könnte. Dann fiel ihr auf, dass sie noch immer die weiße Schlachtschürze anhatte. Beim Öffnen der Halsschlagader hatte sie ein paar Blutspritzer abbekommen. Außerdem hatte sie mehrfach ihre schmierigen Hände an dem kunststoffbeschichteten Leinen abwischen müssen, als sie das Fell abgezogen hatte. Das Messer hielt sie auch noch in den Fingern, und bis über die Handgelenke war ihre Haut mit einer übel riechenden Substanz überzogen. Für einen Außenstehenden konnte das durchaus ein verstörender Anblick sein, gestand sich Frau Helbing ein.

»Ich schlachte gerade«, versuchte sie Herrn Paulsen zu beruhigen.

»Sie machen was?«

Herrn Paulsens Augen wurden noch ein bisschen größer.

»Kommen Sie erst mal rein«, sagte Frau Helbing und hielt die Tür auf.

Zögernd betrat Herr Paulsen den Flur.

»Der Karton ist ganz schön schwer«, jammerte er.

»Stellen Sie ihn auf den Küchentisch«, sagte Frau Helbing und deutete mit dem Messer auf die offene Tür am Ende des Flurs.

Herr Paulsen gehorchte.

»Ist das ein Hase?«, fragte er ungläubig, nachdem er das Paket abgestellt hatte.

Mit zwei Schlachthaken hatte Frau Helbing das Karnickel kopfüber an die Küchentür gehängt.

»Nein«, sagte sie. »Ein Kaninchen.«

»Wo haben Sie den denn her? Also das«, stotterte Herr Paulsen.

»Das hat mir Bauer Jankel zu Weihnachten geschenkt.«

Herr Paulsen stand kopfschüttelnd vor dem ausgeweideten Kadaver.

»Kann ich mal das Fenster aufmachen?«, fragte er mit matter Stimme.

»Bitte«, sagte Frau Helbing.

»Beim alten Jankel haben wir früher viel Schlachtvieh gekauft«, fuhr sie fort. »Der hatte gute Tiere. Eine Fleischqualität, wie man sie heute im Supermarkt vergeblich sucht. Den Hof hat er inzwischen an seinen Sohn abgegeben, aber zu Weihnachten schenkt er mir aus alter Verbundenheit immer ein Kaninchen.«

»Bauer Jankel schenkt Ihnen ein Kaninchen, und Sie bringen es um?« Herr Paulsen setzte sich.

»Ich bringe es nicht um. Ich schlachte es.« Frau Helbing hob den Zeigefinger. »Das ist ein Unterschied.«

»Aber hält man ein Kaninchen nicht in einem Käfig und streichelt es ab und zu?«, fragte Herr Paulsen.

Frau Helbing nickte.

»Streicheln kann man ein Kaninchen.« Nach einer kurzen Pause sagte sie: »Aber man kann es auch essen.«

Ein Lächeln umspielte ihre Lippen. Aber kein diabolisches Grinsen, das auf eine perverse Veranlagung schließen ließ. Frau Helbing hatte keineswegs Gefallen daran, Tiere zu töten und mit ihren Händen in Eingeweiden rumzufummeln. Sie empfand lediglich eine Vorfreude auf ein deftiges Essen. Und warum auch nicht? Geschmortes Kaninchen mit Wurzelgemüse und Kartoffeln war ein wunderbares Wintergericht. Genau das Richtige für einen kalten Januarabend. Dass dafür ein Tier sterben musste, empfand Frau Helbing als eine simple Notwendigkeit.

Vierzig Jahre lang hatte sie zusammen mit ihrem mittlerweile verstorbenen Mann eine Schlachterei im Hamburger Grindelviertel betrieben. Frau Helbing hatte keine verklärten Vorstellungen, was die Herkunft von Wurst- und Fleischwaren anging. Wer ein Steak essen wollte, musste ihrer Meinung nach der Realität ins Auge sehen oder sollte sich lieber vegetarisch ernähren.

»Könnten Sie bitte diesen Eimer wegstellen?«, bat Herr Paulsen. Beim Anblick der Innereien war er bleich geworden.

Frau Helbing schob das Gekröse aus seinem Sichtfeld.

»Wenn Sie das Fell haben wollen …« Sie zeigte auf die Spüle.

Herr Paulsen verzog angewidert das Gesicht. Er schien ein bisschen zu würgen. Vielleicht sollte ich ihm einen Schnaps anbieten, überlegte Frau Helbing. Meistens half das bei Kreislauf. Möglicherweise trank Herr Paulsen aber keinen Alkohol. Frau Helbing hatte keine Ahnung. Sie wusste fast nichts über ihren Nachbarn, obwohl sie schon so lange im selben Haus wohnten. Hermann und sie hatten nicht viel Kontakt zu den Paulsens gehabt. Und wenn, dann eher zu Frau Paulsen, die auch als Kundin in der Helbing'schen Schlachterei ein und aus gegangen war. Mit ihr hatte Frau Helbing auch mal im Treppenhaus geklönt oder unterm Dach beim Wäscheaufhängen getratscht, bevor der Trockenboden zu einer Eigentumswohnung ausgebaut worden war. Das war aber auch schon viele Jahre her.

Herrn Paulsen dagegen hatte sie nur hin und wieder gegrüßt. Wenn sie ihn überhaupt bemerkt hatte. Er war ein unscheinbarer Typ, den man leicht übersah. Bis zu seiner Pensionierung hatte Herr Paulsen als Museumswärter gearbeitet. In der Kunsthalle oder im Völkerkundemuseum. Nicht einmal das konnte Frau Helbing mit Sicherheit sagen. Aber sie war davon überzeugt, dass er sich auf seiner Arbeitsstelle diese chamäleonartigen Eigenschaften angeeignet hatte. So ein Aufseher läuft schließlich den ganzen Tag zwischen den Exponaten rum und versucht nicht aufzufallen. Jedenfalls war das Frau Helbings Erklärung für dieses rätselhafte Phänomen seiner nahezu perfekten Tarnung.

»Was wollen Sie eigentlich hier?«

Frau Helbing fragte nicht unhöflich, aber bestimmt. Schließlich hatte sie zu tun. Das Kaninchen musste noch zerlegt und anschließend die Küche geputzt werden. Herr Paulsen sollte nicht auf die Idee kommen, er könne hier Wurzeln schlagen und sie von der Arbeit abhalten. Mit dem Küchenstuhl schien er bereits zu verwachsen. Überhaupt machte er den Eindruck, als hätte er in seinem Leben viel und lange gesessen.

»Ich bringe Ihre Sachen zurück«, sagte Herr Paulsen

und zeigte auf die Pappkiste. »Die Pakete sind noch ungeöffnet. Lassen Sie mich bitte wissen, wenn etwas fehlt.«

»Ungeöffnet?«, murmelte Frau Helbing und warf einen Blick auf die Nahrungsmittel. »Ihre Frau hat sich Dinge geborgt, die sie nicht brauchte?«

»Ja«, stöhnte Herr Paulsen. »Und nicht nur geborgt, sie hat auch alles doppelt und dreifach gekauft. Mit den Nudeln, die wir in der Speisekammer haben, könnte ich ein italienisches Restaurant eröffnen.«

»Ach du meine Güte«, sagte Frau Helbing. »Warum macht sie das?«

Herr Paulsen zuckte ratlos mit den Schultern.

»Das funktioniert alles nicht mehr«, sagte er. »Hier.« Er machte mit dem Zeigefinger kreisförmige Bewegungen auf Höhe seiner Schläfe. »Sie weiß nicht, was sie macht, beziehungsweise vergisst sofort, was sie gemacht hat. Das wird auch nichts mehr, hat Doktor Franzen gesagt. Schlimm ist das. Schlimm.« Resigniert schüttelte er den Kopf. »Sie hat auch schon seit Monaten nicht mehr geputzt. Das sieht aus bei uns.«

Das hätte auch von Hermann kommen können, dachte Frau Helbing. Auf die Idee, mal selbst zu wischen, kamen die Männer in der Regel nicht.

»Das ist ja schrecklich«, sagte sie – und fügte schnell hinzu: »Also das mit Ihrer Frau.« Nicht, dass Herr Paulsen noch dachte, sie meine seine dreckige Wohnung.

»Und da kann man nichts machen? Ich meine, heute gibt es doch für alles ein Medikament.«

Herr Paulsen sah sie mit feuchten Augen an.

»Demenz«, sagte er mit zittriger Stimme.

Frau Helbing erstarrte.

»Demenz«, flüsterte sie.

Dieser Begriff jagte ihr einen kalten Schauer über den Rücken.

Es gab nur wenig, wovor Frau Helbing Angst hatte. Als Halbwaise geboren, dazu die jüngste von vier Schwestern, musste sie schon früh Verantwortung übernehmen. Ihre Kindheit war von Mangel und ihr weiteres Leben von harter Arbeit geprägt gewesen. Aber immer hatte sie einen klaren Verstand gehabt. Nie hatte sie sich ein X für ein U vormachen lassen. Und sie war zäh. Frau Helbing hätte ohne Probleme mit Nomaden in der Taiga oder bei Eskimos im ewigen Eis leben können, ohne an den Widrigkeiten eines entbehrungsreichen Lebens zugrunde zu gehen. Aber den Verlust des Denkvermögens und am Ende der Souveränität betrachtete sie als die grausamste Bürde überhaupt. Sie wusste von vielen Bekannten aus ihrem Viertel, denen es eines Tages nicht mehr möglich gewesen war, allein zu leben. Rüstige Menschen, die im hohen Alter auf die Hilfe anderer angewiesen waren. Schleichend waren diese Leute abgedriftet wie ein manövrierunfähiges Schiff auf hoher See.

Frau Helbing hatte sich oft gefragt, in welche Hände sie ihre Betreuung legen sollte, wenn sie selbst in diese Situation käme. Kinder hatte sie keine, und ihre einzige Freundin Heide war auch Jahrgang 1942. Wenn sie darüber nachdachte, wurde ihr angst und bange. Sie musste sich setzen.

»Soll ich mal nach ihr sehen?«, fragte sie. »Heute ist es schon spät, aber morgen Vormittag habe ich Zeit. Da könnte ich hochkommen und Ihrer Frau ein bisschen Gesellschaft leisten.«

Herr Paulsen setzte eine düstere Miene auf.

»Sie ist nicht mehr da«, sagte er knapp.

»Nicht mehr da?«

Frau Helbing schlug entsetzt die Hand vor den Mund.

Sie musterte Herrn Paulsen. In seiner grün melierten Strickjacke und der braunen Cordhose sah er ganz normal aus. Harmlos wie immer. Aber meist waren es die Unscheinbaren, die sich völlig überraschend als Psychopathen entpuppten und aus dem Nichts eine diabolische Seite offenbarten. Frau Helbing wusste das. Also nicht, dass sie Erlebnisse dieser Art gehabt hätte, aber sie kannte solche Geschichten aus diversen Büchern.

Frau Helbing las leidenschaftlich gerne Krimis. Im Laufe der Jahre hatte sie zusammen mit den verschiedensten Ermittlern die kniffligsten Fälle gelöst. Sie liebte diese Gänsehautmomente, wenn Gefahr im Verzug war und alles Spitz auf Knopf stand. Aber jetzt mit Herrn Paulsen am Küchentisch zu sitzen gruselte sie mehr als gewünscht.

»Wie meinen Sie das? Nicht mehr da …«, fragte sie vorsichtig nach.

»Na, sie ist weg, heißt das. Ich habe sie heute in ein Pflegeheim gebracht.«

Pflegeheim. Das war noch so ein schreckliches Wort. Für Frau Helbing klang das wie Gnadenhof.

Auch wenn sich viele dieser Einrichtungen mit Bezeichnungen wie »Seniorenresidenz«, »Ruhesitz« oder »Stift« aufwerteten, nahm das Frau Helbing nichts von ihrer Angst, eines Tages in eben eines dieser Altersheime umziehen zu müssen. Endstationen des Lebens waren das für Frau Helbing. Sackbahnhöfe, in denen die Gleise unwiderruflich endeten. Und wie sie gehört hatte, war es gar nicht so einfach, dort einen Platz zu bekommen.

»Gibt es da nicht lange Wartelisten?«, fragte sie Herrn Paulsen.

»Im Haus Buchenhain ist spontan etwas frei geworden«, erklärte er mit ausdrucksloser Miene.

»Spontan etwas frei geworden«, wiederholte Frau Helbing fast tonlos und warf einen Blick auf das tote Kaninchen.

»Ich brauche jetzt einen Schnaps«, sagte sie, stand auf und nahm eine Flasche Himbeergeist aus dem Schrank. Pflegeheim in Kombination mit Demenz hatte sie in ihren Grundfesten erschüttert. Frau Helbing trank selten. Aber wenn ihr der Schreck tief in die Glieder gefahren war, nahm sie schon mal zur Beruhigung einen Kurzen zu sich.

»Möchten Sie auch?«, fragte sie Herrn Paulsen.

Der hob abwehrend die Hand.

»Ich trinke nicht.«

»Vernünftig«, sagte Frau Helbing und leerte ihr Glas in einem Zug.

Als sie sich umdrehte, kam es ihr vor, als hätte Herr Paulsen die Maserung des Küchenschranks angenommen, vor dem er saß. Es konnte natürlich auch am Schnaps liegen, aber Frau Helbing hatte den Verdacht, dieser Mann könnte sich uneingeschränkt seiner jeweiligen Umgebung anpassen, ganz gleich, in welcher Farbe oder Struktur der Hintergrund beschaffen war.

»Ich gehe dann mal«, sagte Herr Paulsen müde. »Ich muss mir noch Abendbrot machen.«

Bei ihm klang das nach einer größeren Herausforderung. Bestimmt hatte er nicht oft im Haushalt geholfen. Weder beim Putzen noch beim Waschen und schon gar nicht bei der Zubereitung von Mahlzeiten. Männer waren wie Kinder, fand Frau Helbing. Früher hatte sie Hermann morgens immer die Kleider rausgelegt, damit er nicht in den unmöglichsten Kombinationen herumlief. Herr Paulsen war bestimmt ähnlich unselbstständig.

»Es ist ja genug zum Essen da«, sagte Frau Helbing aufmunternd.

Herr Paulsen rang sich ein Lächeln ab. Dann stand er auf und verabschiedete sich. An der Wohnungstür drehte er sich noch einmal um.

»Es wäre wirklich nett, wenn Sie meine Frau besuchen würden«, sagte er.

»Mache ich«, antwortete Frau Helbing.

»Haus Buchenhain«, wiederholte er zur Sicherheit. »In der Hallerstraße.«

Frau Helbing nickte.

»Versprochen«, sagte sie.

»Danke schön«, murmelte Herr Paulsen im Gehen.

Dann schwebte er lautlos die Treppe hoch und verschwamm mit dem Geländer.

Frau Helbing atmete einmal tief durch. Sie war zutiefst beunruhigt. Wie lange würde sie selbst ihren Haushalt noch bewältigen können, fragte sie sich. Vielleicht wirkte sie auf andere bereits seltsam verschroben, ohne es zu merken. Wer sagte einem eigentlich, ab wann man auf Hilfe angewiesen war? Und zeigten sich bei ihr nicht auch schon erste Anzeichen von Vergesslichkeit?

Sie erinnerte sich, wie sie kurz vor Weihnachten auf

dem Wochenmarkt gestanden hatte, den Finger eine Ewigkeit auf eine Gemüsesteige gerichtet. Ein Pfund davon, hatte sie schließlich gesagt. Das war ihr furchtbar peinlich gewesen. Das Wort Schwarzwurzeln war ihr partout nicht eingefallen. Obwohl im Nachhinein betrachtet Farbe und Form dieser Dinger eindeutig auf den Namen hingewiesen hätten.

Und an Silvester, als sie ihre älteste Schwester anrufen wollte, war sie mit den Zahlen durcheinandergekommen. Unerwartet hatte sie einen äußerst unfreundlichen Herrn am Apparat gehabt. Als sie dann über die richtige Nummer nachdenken wollte, war ihr ganz schwindlig geworden. Schließlich musste sie in ihrem alten Telefonregister nachschlagen. Frau Helbing besaß noch ein richtiges Adressbuch aus Papier.

»Speicher die Nummer doch ein«, hatte ihre Schwester gesagt. »Das macht doch heute jeder.«

Für Frau Helbing war das der völlig falsche Ansatz. Man musste seinen Kopf auch benutzen, fand sie. Die Menschen verließen sich immer mehr auf Computer, anstatt ihren Verstand zu gebrauchen. Und wenn das Gehirn erst brach lag, verkam es natürlich mit der Zeit. Genau wie ein Acker, der nicht bestellt wurde.

Während sie das Kaninchen in mehrere Stücke zerteilte, sagte Frau Helbing laut die Telefonnummern ihrer drei Schwestern auf. Nur so, als Training. Obwohl ihr die Zahlen fehlerfrei über die Lippen kamen, konnte sie nicht recht entspannen.

Gerne wäre sie jetzt ein bisschen spazieren gegangen. Bewegung half ihr immer, die Gedanken wieder in Ordnung zu bringen. Frau Helbing warf einen Blick aus dem

Fenster. Draußen war es bereits stockdunkel. Der Januar wirkte immer so trostlos.

Vielleicht hätte sie das Kaninchen doch lieber noch ein bisschen streicheln sollen, anstatt es zu zerlegen.

2

Oh, das geht jetzt nicht«, sagte die Dame an der Rezeption. »Pfarrer Krüger ist gerade bei Frau Paulsen. Zum Begrüßungsgespräch.«

Die Frau sprach laut und überdeutlich. Auf dem großen Namensschild an ihrer Bluse stand in fetten Buchstaben BIRTE. Das konnte Frau Helbing sogar ohne Brille lesen. Auf Schwerhörigkeit und altersschwache Augen war man hier offensichtlich gut eingestellt.

»Ich kann warten«, sagte Frau Helbing.

Birte schüttelte mit einem Lächeln des Bedauerns auf den Lippen den Kopf.

»Danach ist Frau Paulsen zur Kreativwerkstatt eingetragen.«

»Aha«, sagte Frau Helbing überrascht.

Gestalterisches Interesse oder dekorative Inspiration hatte sie bei ihrer Nachbarin noch nie wahrgenommen. Auf Frau Paulsens Fensterbank im Wohnzimmer verstaubte seit dreißig Jahren ein bedauernswerter Strauß Trockenblumen. Das konnte man von der Straße aus beobachten.

»Basteln mit Ute findet immer von halb elf bis um zwölf Uhr statt«, erklärte Birte. »Wir haben richtige Künstler unter unseren Bewohnern.«

Mit einer ausladenden Handbewegung lenkte sie Frau Helbings Aufmerksamkeit auf eine Reihe von Bildern. An den Wänden hingen Kartoffeldrucke in wilden Farbkombinationen und Collagen aus Herbstlaub. Die Werke waren erfrischend unvollkommen und bildeten einen starken Kontrast zu der steril anmutenden Vinyltapete in Mint.

Frau Helbing sah sich um. Das Haus war ein Zweckbau. Von außen wie innen versprühte es den Charme eines Einwohnermeldeamts, und der verzweifelte Versuch, mit naiven Unikaten der Heimbewohner und einem bunten Strauß Gerbera eine gemütliche Atmosphäre schaffen zu wollen, war nach Frau Helbings Meinung gescheitert. Sie wollte Birte gegenüber aber nicht unhöflich sein.

»Toll!«, sagte sie anerkennend.

Birte strahlte dankbar.

»Natürlich bieten wir unseren Bewohnern noch viele andere interessante Kurse an«, fuhr sie fort. »Backen, Singen, Brettspiele, Tanzen im Sitzen. Hier muss sich bestimmt niemand langweilen.«

Tanzen im Sitzen, was ist das denn?, fragte sich Frau Helbing. Im grellen Licht der Deckenbeleuchtung warf sie einen Blick auf die Uhr.

»Also bis zwölf ist Frau Paulsen beschäftigt«, versuchte sie auf ihr Anliegen zurückzukommen.

Birte nickte. Mit erhobenem Zeigefinger fügte sie schnell hinzu: »Dann ist auch schon Mittagessen.«

Frau Helbing war überrascht, wie schwierig es war, eine Heimbewohnerin ohne vorherige Terminabsprache zu besuchen.

»Ich komme wohl besser heute Nachmittag noch mal«, sagte sie. In ihrem dicken Wintermantel und dem Strickschal fing sie langsam an zu schwitzen.

»Gerne«, sagte Birte. »Aber von drei bis fünf ist Tanztee im Gemeindesaal nebenan.«

Frau Helbing zuckte zusammen. Über viel Freizeit schienen die Bewohner nicht zu verfügen.

Völlig naiv war sie nach dem Frühstück aufgebrochen, um nach Frau Paulsen zu sehen. Die Vorstellung, ihre Nachbarin sitze einsam in einer Ecke des Heims, eventuell mit Medikamenten ruhiggestellt, hatte sie nicht gut schlafen lassen. Nun war sie völlig umsonst durch den Hamburger Nieselregen, der im Januar immer besonders kalt war, hierhergelaufen.

»Vielleicht wollen Sie mit Frau Paulsen tanzen«, sagte Birte mit einem Strahlen im Gesicht. »Mittwochs haben wir für unsere älteren Junggebliebenen immer Livemusik mit Herrn Balthasar an der Orgel.«

Frau Helbing schüttelte den Kopf. Mit Frau Paulsen zu tanzen war nun wirklich nicht ihr Ansinnen.

»Ich weiß nicht«, sagte sie diplomatisch.

Das Telefon auf dem Tresen klingelte. Mit einem Schulterzucken nahm Birte das Gespräch an.

Frau Helbing hatte genug. Für den Moment kam sie hier nicht weiter.

Gerade wollte sie sich zum Gehen umdrehen, als ihr Blick durch eine Glastür fiel, hinter der ein Bewohner in einem Rollstuhl saß. Der Mann hatte seinen Blick ins Nichts gerichtet. Er machte einen verlorenen Eindruck. Als hätte ihn jemand hier an den Tisch geschoben und vergessen. Obwohl Frau Helbing aus der Entfernung nur das Profil als Schattenriss wahrnehmen konnte, hatte sie das Gefühl, diesen Menschen zu kennen. Neugierig ging sie ein bisschen näher an die Scheibe und kniff die

Augen zusammen. Das war zweifellos Fiete, den sie hier vor sich hatte. Fiete Jacobsen, ein alter Angelfreund ihres Mannes, den sie völlig aus den Augen verloren hatte. Es musste eine halbe Ewigkeit her sein, dass Hermann zusammen mit Fiete und dem lustigen Pitt auf Hecht an der Elbe oder auf Zander am Alsterufer gegangen war. Sofort hatte Frau Helbing Bilder aus einer längst vergangenen Zeit im Kopf.

Fiete war ein Hamburger Jung. Ein waschechter Seebär. In den sechziger und siebziger Jahren war er auf Stückgutfrachtern und später mit Containerschiffen um die halbe Welt gefahren. Erst als Matrose und schließlich als Kapitän. Wenn er im Sommer die Ärmel seines Hemdes hochgekrempelt hatte, sah man einen Anker auf seinem braun gebrannten Unterarm. Eine Tätowierung war damals noch exotisch. Eigentlich den Seeleuten vorbehalten. Frau Helbing fand Körperverzierungen schon immer ein bisschen anrüchig. Aber Fiete war ein verwegener Typ, zu dem das gepasst hatte. Oft war er monatelang auf hoher See gewesen, aber immer, wenn er in Hamburg war, ging er mit Hermann und Pitt angeln. Das war Tradition. Stundenlang konnten die drei hinter ihren Ruten sitzen und stoisch auf das Wasser starren. Einmal hatte Frau Helbing gefragt, ob sie mal mitkommen dürfe.

»Mit deinem Gesabbel verscheuchst du die ganzen Fische«, hatte Hermann abgewiegelt. Angeln war ein Männerding, da wollten sie keine Frau dabeihaben.

Frau Helbing betrat den hell erleuchteten Gemeinschaftsraum. Hier war es noch wärmer als im Foyer. Obwohl sie es gerne mollig in ihrer Wohnung hatte, empfand sie das trockene Halbwüstenklima in diesem Heim als unangenehm. Schnell zog sie Mantel und Schal aus, bevor sie sich neben Käpten Jacobsen auf einen Stuhl setzte.

»Hallo, Fiete«, sagte sie.

Behutsam legte sie eine Hand auf seinen Unterarm. Langsam drehte Fiete seinen Kopf in ihre Richtung. Seine Augen blickten skeptisch.

»Ich bin's, Franziska, die Frau von Hermann.«

Bei dem Wort Hermann glomm eine kleine Flamme in Fietes Pupillen auf, als hätte Frau Helbing in Glut gepustet. Seine Lippen verzogen sich zu einem Lächeln.

»Erinnerst du dich noch ans Angeln? Hermann, Pitt und du.«

Fiete nickte leicht mit dem Kopf.

»Angeln«, sagte er mit brüchiger Stimme.

Fietes ehemals blonder Vollbart war grau geworden. Er machte einen zerzausten, vernachlässigten Eindruck auf Frau Helbing. Nicht nur der Bart. Unter seinem dunkelblauen Trainingsanzug war nicht mehr viel von dem stattlichen Mann zu erkennen, der er einmal gewesen war.

Frau Helbing überlegte, wann sie Fiete das letzte Mal gesehen hatte. Wahrscheinlich auf Hermanns Beerdigung. Auch Pitt war sie seit dem Begräbnis nicht mehr über den Weg gelaufen.

»Na, Seemann? Wie geht es dir denn?«, fragte Frau Helbing mit einem Lächeln.

»Muss ja«, knurrte Fiete.

»Hast du ab und zu Besuch?«

Fiete schüttelte den Kopf.

»Was ist denn mit Pitt?«

Fiete zog die Schultern hoch.

Frau Helbing überlegte, ob Fiete noch andere Freunde in Hamburg haben könnte, aber es fiel ihr niemand ein. Und falls Fiete Kinder haben sollte, wusste er wahrscheinlich selbst nichts davon. In jedem Hafen hatte er angeblich eine Braut gehabt. Hermann war auf die Geschichten des Käptens immer ein bisschen neidisch gewesen. Die große weite Welt mit all ihren Verlockungen ließ das geregelte Leben ein wenig fade erscheinen. Und Fiete hatte immer eine Abenteuergeschichte auf Lager gehabt. Frau Helbing hatte das meiste für Seemannsgarn gehalten. Besonders wenn Fiete, Hermann und Pitt getrunken hatten.

Oft kamen die drei Petrijünger mit einem guten Fang nach Hause. Dann wurde stundenlang in der Küche filetiert und gebrutzelt. »Fisch satt« nannten sie das. Dazu tranken sie in rauen Mengen Bier und Schnaps. Später am Abend sangen sie meist Lieder mit schlüpfrigen Texten. Hinterher sah es aus wie auf einem Schlachtfeld. Sauber gemacht hatten die Männer natürlich nicht. Meist waren sie dazu auch nicht mehr in der Lage.

»Ich bin froh, dich hier gefunden zu haben«, sagte Frau Helbing. »Das ist wirklich Zufall. Bist du schon lange im Haus Buchenhain?«

Fiete wiegte den Kopf hin und her. Wahrscheinlich konnte er die Zeit nicht gut einschätzen und wusste selbst nicht genau, seit wann er in diesem Heim wohnte.

»Ist ja auch egal«, sagte Frau Helbing. »Ich komme bestimmt öfter her. Wenn du mal was brauchst, kann ich es dir mitbringen.«

»Korn«, sagte Fiete sofort.

Frau Helbing musste lachen. »Du meinst, was Hochprozentiges?«

»Gift ja nix hier«, sagte Fiete.

Das war ein ganzer Satz, dachte Frau Helbing. Wenn der wortkarge Fiete sich so umfänglich äußerte, schien er mit der Verpflegungssituation in diesem Heim nicht zufrieden zu sein.

»Schmeckt dir hier nicht, was?«, stellte Frau Helbing fest.

Fiete stieß ein verächtliches »Pfff« aus.

»Ich kann dir was kochen. Worauf hast du denn Lust?«

»Rollmops«, sagte Fiete sofort. »Korn und Rollmops.«

»Na, dann mach ich doch am besten mal einen schönen Labskaus«, sagte Frau Helbing amüsiert.

Tatsächlich freute sie sich. Frau Helbing kochte gerne, aber es machte erst so richtig Spaß, wenn man andere damit glücklich machen konnte. Die Zeiten, als Hermann noch für zwei gegessen hatte, waren lange vorbei. Und Labskaus hatte sie seit Jahren nicht mehr gekocht.

Fiete bekam ganz große Augen. Offensichtlich war er von der Idee begeistert.

»Jo«, sagte er. »Labskaus.«

Dann fügte er schnell hinzu: »Und Korn.«

Aufgeregt packte er Frau Helbings Hand. Er lachte sogar. Jetzt erkannte Frau Helbing wieder den alten Fiete. Den harten Hund, der unter seiner rauen Schale ein gütiges Herz sitzen hatte.

»Was ist denn hier los?«, sagte plötzlich eine Frau, die unbemerkt von Frau Helbing den Raum betreten hatte. »Das grenzt ja an ein Wunder.«

Staunend beobachtete die Dame, wie sich Fiete an Frau Helbing klammerte.

»Sie scheinen Herrn Jacobsen nahezustehen«, sagte sie

an Frau Helbing gewandt. »Sonst kenne ich ihn eher – wie soll ich sagen – ein bisschen spröde.«

Frau Helbing war verunsichert. Hatte sie es hier mit einer Pflegekraft, einer Betreuungskraft oder mit einer Heimbewohnerin zu tun, die sich wichtigmachte? Diese Frau trug kein Namensschild wie Birte, machte aber einen kompetenten Eindruck.

»Fischer. Ich bin die Betreuerin dieses Herrn«, stellte sich die Frau vor.

»Helbing. Herr Jacobsen ist ein alter Freund meines verstorbenen Mannes.«

Frau Helbing hätte Frau Fischer gerne die Hand gegeben, aber Fiete hielt sich wie ein Ertrinkender an ihr fest.

»Nun, leider muss ich Ihren Bekannten entführen. Wir haben einen Termin.«

Frau Fischer machte sich daran, Fiete eine Jacke überzuziehen. Sie ging nicht grob zu Werke, aber ihre Handgriffe saßen.

»Das macht gar nichts«, sagte Frau Helbing. »Ich werde Herrn Jacobsen jetzt öfters besuchen.«

»Da muss ich Sie enttäuschen. Herr Jacobsen wird nämlich umziehen.«

»Wieso das denn?«, fragte Frau Helbing überrascht.

»Weil er etwas Besseres verdient hat.«

Mit einer resoluten Bewegung schloss Frau Fischer den Reißverschluss an Fietes Jacke.

»Meinen Sie damit, dass dieses Heim nicht gut ist?«

Frau Helbing war ernsthaft interessiert. Schließlich wohnte ihre Nachbarin jetzt auch hier, und falls es etwas an dieser Unterbringung auszusetzen gab, hätte sie gerne Herrn Paulsen davon in Kenntnis gesetzt.

»Der Fisch stinkt vom Kopf her«, sagte Frau Fischer etwas unkonkret und zog sich ihren Wintermantel über.

»Aber Sie verraten mir die neue Adresse. Jetzt, da ich Herrn Jacobsen gerade wiedergefunden habe …«

Frau Helbing blickte besorgt.

»Selbstverständlich. Im Gegensatz zu der vorherigen Betreuung bin ich daran interessiert, dass es Herrn Jacobsen gut geht. Besuchen Sie ihn, sooft sie können. Das würde mich aufrichtig freuen!«

Frau Fischer nickte ihr aufmunternd zu. Dann packte sie die Griffe des Rollstuhls und schob Fiete mit Schwung in Richtung Ausgang.

»Ich glaube, das Zimmer, das wir uns jetzt ansehen werden, ist ganz nach dem Geschmack eines Kapitäns. Hafennähe. Elbblick. Wahrscheinlich unterschreiben wir gleich den Mietvertrag«, sagte sie voller Optimismus.

»Klingt toll«, sagte Frau Helbing. Dann fügte sie ein wenig skeptisch hinzu: »Aber auch teuer, oder?«

»Das spielt keine Rolle. Herr Jacobsen kann sich das leisten.« Frau Fischer lächelte. »Jetzt, wo ich die Verantwortung übernommen habe, wird ihr Freund angemessen untergebracht. In zwei Stunden wissen wir mehr. Auf Wiedersehen.«

Fiete drehte seinen Kopf und winkte Frau Helbing zum Abschied. Bevor Frau Helbing noch etwas sagen konnte, waren die beiden verschwunden. Mit schnellen Schritten hatte Frau Fischer Fiete aus dem Raum bugsiert.

Frau Helbing blieb grübelnd auf ihrem Stuhl sitzen. Was hatte Fietes Betreuerin bloß am Haus Buchenhain auszusetzen? Die Frau hatte einen patenten Eindruck gemacht. Bestimmt war Frau Fischer keine hysterische

Ziege, die sich wegen ein paar Kinkerlitzchen übertrieben aufregen würde und ihren Schützling aus dem Heim drängte, nur weil mal ein Handtuch nicht rechtzeitig gewaschen wurde oder der Bastelkurs ausgefallen war. Es musste sich um ein ernsthaftes Problem handeln. Um ein Ärgernis solcher Tragweite, dass es einen Umzug notwendig machte.

Frau Helbings Interesse war geweckt. Ungereimtheiten konnte sie nur schlecht ertragen. Als passionierte Krimiliebhaberin merkte sie das immer wieder. Wenn sie ein spannendes Buch in Händen hielt, in dem ein Mord stattgefunden hatte, sich eine Verschwörung anbahnte oder nur ein kleines Geheimnis im Raum stand, konnte sie nicht mehr aufhören zu lesen, bis das Rätsel gelöst war. Das hatte nichts mit trivialer Neugierde zu tun, sondern war eher ihrer Ordnungsliebe geschuldet. Unaufgeräumte Zustände waren ihr ein Gräuel. Im richtigen Leben wie in ihrem Kopf.

Plötzlich hatte Frau Helbing eine Idee. Der Fisch stinkt vom Kopf her, hatte Frau Fischer gesagt. Das deutete auf eine gewisse Problematik im Führungsbereich hin. Sofort hatte sie das Bedürfnis, diesem Mysterium auf den Grund zu gehen.

»Sagen Sie mal, Birte«, Frau Helbing war wieder zum Eingangsbereich gegangen, »ich interessiere mich für einen Platz in diesem Haus. Ob ich vielleicht mit der Heimleitung sprechen könnte?«

Das war natürlich nur eine Finte, um einen Blick hinter die Kulissen werfen zu können. Frau Helbing hatte nicht vor, ihre Wohnung zu verlassen. Unter gar keinen Umständen. Aber es würde wohl kaum jemand Verdacht schöpfen, wenn sich eine ältere Dame für ein Zimmer in einem Altersheim interessierte. Die Angestellte sah kurz auf den Monitor ihres Rechners.

»Ich könnte Ihnen nächsten Donnerstag einen Termin bei Frau Kramny reservieren. Um sechzehn Uhr?«

»Nun, ich dachte, vielleicht geht das auch ganz unkompliziert, wo ich schon mal hier bin.«

Frau Helbing setzte ein charmantes Lächeln auf.

»Nein«, sagte Birte, nicht schroff, aber unbeeindruckt. »Spontan geht das leider nicht. Informationsgespräche werden ausschließlich von unserer Chefin geführt, und die hat einen vollen Terminkalender.«

Enttäuscht ließ Frau Helbing die Schultern hängen. Dies war ganz offensichtlich kein Ort, an dem man einem spontanen Impuls nachgab, in den Tag hinein mäanderte oder in südländischer Manier die Uhr als vages, überflüssiges und vor allem unbrauchbares Instrument der Zeiterfassung ignorierte. In diesem Heim wurde anscheinend nichts dem Zufall überlassen, sondern alles akribisch geplant.

»Warten Sie.« Birte wiegte mit zusammengekniffenen Augen den Kopf hin und her.

»Fünfzehn dreißig, heute Nachmittag«, sagte sie generös. »Das könnte ich ausnahmsweise möglich machen.« Sie richtete den Finger auf Frau Helbing und unterbreitete einen Plan. »Sie erscheinen um halb drei, begleiten Ihre Freundin zum Tanz in den Gemeindesaal und kommen dann um halb vier rüber. Frau Kramny wird eine halbe Stunde Zeit für Sie haben.«

Voller Genugtuung, eine Lösung gefunden zu haben, strahlte sie Frau Helbing an.

»Danach können Sie dann machen, was Sie wollen«, sagte sie abschließend.

»Oh, danke«, sagte Frau Helbing.

Sie hatte das ironisch gemeint, als leichte Spitze auf Birtes letzten Satz. Birte bemerkte das aber nicht.

»Bitte«, antwortete sie. »Gerne geschehen.«

Als Frau Helbing wieder auf der Straße stand, zog sie ihren Schal eng um den Hals. Der Temperatursturz zwischen den überheizten Räumen und dem unangenehmen Winterwetter war brutal. Trotzdem war sie guter Dinge. Der Vormittag war zufriedenstellend verlaufen.

Die ursprüngliche Enttäuschung, Frau Paulsen nicht treffen zu können, war der Freude gewichen, den alten Fiete nach langer Zeit wiedergefunden zu haben. Außerdem hatte sie bei der Heimleiterin einen Termin für den Nachmittag, um sich ein Bild von der Qualität der Einrichtung zu machen. Wenn im Haus Buchenhain etwas im Argen lag, würde sie das selbstverständlich in Erfahrung bringen.

Frau Helbing ging schnellen Schrittes die Rothenbaumchaussee hinunter. Hier hatte früher der Hamburger Sportverein gespielt, erinnerte sie sich. Lange bevor sie die riesige Arena im Volkspark gebaut hatten. Das alte Fußballfeld war schon vor vielen Jahren mit Wohnungen überbaut worden. Wenn Hermann samstags nicht angeln ging, hatte er sich gerne mal ein Heimspiel der Rothosen angesehen. Damals standen noch Uwe Seeler und Willi Schulz auf dem Rasen.

Wie die Zeit vergeht, dachte Frau Helbing kopfschüttelnd. Herrje, wie die Zeit vergeht.

3

»Sag mir quando, sag mir wann. Sag mir quando, quando, quando …«

Herrn Balthasars Lächeln war beim Singen so breit wie das Tor einer Doppelgarage.

»… ich dich wiedersehen kann. Ich hab immer für dich Zeit«, schmalzte er mit einem Augenzwinkern ins Mikrophon.

Die Musik war ganz nach Frau Helbings Geschmack. Gut gelaunt saß sie neben Frau Paulsen im Gemeindesaal. Beide sangen den Text leise mit und zuckten automatisch mit Händen und Füßen. Zusammen mit knapp vierzig Rentnern – überwiegend Frauen – starrten sie gebannt auf die Bühne. Einige der Heimbewohner waren, animiert durch Betreuungskräfte, zum Tanzen aufgestanden und bewegten sich mehr oder weniger rhythmisch in der Mitte des Raumes. Auch Frau Helbing hatte zwischendurch ein bisschen geschwoft. Bei *Fiesta Mexicana*, einem ihrer absoluten Lieblingslieder, hatte sie es nicht mehr auf dem Stuhl gehalten.

Herr Balthasar saß hinter seiner zweimanualigen Orgel. Sein Gesicht war sonnenbankgebräunt. Die silbrige Brustbehaarung quoll wie Stahlwolle aus dem aufgeknöpften schwarzen Showhemd. Er wirkte energetisch und viel jünger, als er wahrscheinlich war. Eben hatte er noch schwungvoll *Rote Lippen soll man küssen* und *Mit sechsundsechzig Jahren* geschmettert, als hätte er extra seine Akkus für diesen Auftritt frisch aufgeladen.

Frau Helbing gefiel die Geselligkeit in diesem Altersheim. Zu Hause fiel ihr manchmal die Decke auf den Kopf. Hier war man nie alleine, und es schien immer etwas los zu sein. Außerdem gab es Kaffee und Kuchen. Wenn die Bewohner nur geistig etwas reger wären, dachte sie. Nicht nur Fiete und Frau Paulsen waren nicht mehr auf der Höhe. Auch eine alte Kundin, die sie im Gewimmel des Tanznachmittags entdeckt hatte, war ganz offensichtlich verwirrt.

Margot Prünnel aus der Schlüterstraße. Frau Helbing hatte ihr Gesicht sofort erkannt, obwohl die einst tiefschwarzen Locken der Frau ein helles Grau angenommen hatten. Zweihundert Gramm feine Kalbsleberwurst und fünf Scheiben Schweinebraten hatte sie früher immer gekauft. Und für sonntags oft Rinderrouladen mit fettem Speck für die Füllung bestellt. Frau Helbing war überrascht, sich nach so vielen Jahren an diese belanglosen Dinge erinnern zu können.

Frau Prünnel konnte nicht tanzen. Leider konnte man sich auch nicht mit ihr unterhalten. Unaufhörlich erzählte sie von ihrer Arthrose und dem schmerzenden Ischias. Frau Helbing hatte sich kurz zu ihr gesetzt, aber welches Thema sie auch immer anschnitt, Frau Prünnel wiederholte ihre Klagen wie ein Tonband. Nach jedem Satz stöhnte sie.

Auch Frau Paulsen war am Jammern. Zwischendurch fragte sie immer wieder nach Lebensmitteln. Ob sie nachher vorbeikommen und sich Zucker ausleihen könnte oder Nudeln. Mit dem Versuch, ihr zu erklären, sie brauche all diese Dinge gar nicht mehr, da sie hier quasi in Vollpension lebe, drang Frau Helbing nicht zu ihr durch. Es war ermüdend. Schließlich beschränkte sich Frau Helbing, wie die meisten Anwesenden, darauf, der Musik zu lauschen und mit den Füßen zu wippen.

Auch wenn ihr Gedächtnis offensichtlich nachgelassen hatte, kannte Frau Paulsen alle Schlagertexte. »Ti aa-mo, Ti amo, Ti aa-mo«, trällerte sie gerade voller Inbrunst.

Schon komisch, was das menschliche Gehirn alles abspeichert, wunderte sich Frau Helbing einmal mehr. Und so viele andere Dinge eben nicht. Es musste ein kompliziertes System im Kopf geben, aus Millionen von Schubladen, in denen die Erlebnisse eines ganzen Lebens archiviert waren, überlegte sie. Da konnte man natürlich leicht den Überblick verlieren. Wie die Eichhörnchen, die jede Menge Haselnüsse nicht mehr fanden, weil sie sich im späten Winter nicht mehr daran erinnern konnten, wo sie die Dinger im Herbst vergraben hatten.

Frau Helbing sah auf die Uhr. Es war bereits zwanzig nach drei. Gleich musste sie los, um sich mit Frau Kramny zu treffen. Sie verabschiedete sich von Frau Paulsen und winkte Frau Prünnel noch mal zu.

Im Hauptgebäude angekommen, schickte Birte sie gleich mit dem Fahrstuhl in den dritten Stock, wo sich die Verwaltung befand. Pünktlich klopfte sie an die Tür von Frau Kramnys Büro.

Die Heimleiterin bat Frau Helbing herein und begrüßte sie freundlich. Trotzdem hatte Frau Helbing nicht das Gefühl, einer warmherzigen Frau gegenüberzustehen. Frau Kramny wirkte reserviert, fast künstlich, als würde sie eine Rolle spielen. Ihre Gesten waren ein klein wenig zu überschwänglich, die Artikulation etwas zu dominant. Frau Helbing dachte sofort an eine Schauspielerin. Anders als die Angestellten in den Wohnbereichen trug sie keine malvenfarbene Bluse, sondern ein ziemlich gewagtes Shirt mit Tigermuster über einer engen Jeans. Frau Helbing schätzte sie auf Mitte vierzig.

»Sie kommen ganz alleine?«, fragte Frau Kramny, nachdem sich Frau Helbing gesetzt hatte.

»Wie meinen Sie das?«

Frau Helbing fand die Frage irritierend.

»Die meisten Interessenten werden von Angehörigen begleitet. Kinder, Ehepartner, Verwandte. Wenn jemand allein kommt, dann ist er auch allein«, erklärte Frau Kramny. »Ich denke, wir sollten Sie gleich auf die Warteliste setzen.«

Erstaunt hob Frau Helbing die Augenbrauen. Sie hatte noch nicht eine einzige Information über das Heim und war schon auf der Warteliste. Die Geschäftstüchtigkeit dieser Frau war ihr suspekt.

»Sie sind orientiert?«, fragte Frau Kramny weiter.

»Orientiert?«

Frau Helbing empfand die Frage als unverschämt.

»Ich habe ganz alleine hergefunden«, erwiderte sie spitz.

»Also orientiert«, murmelte Frau Kramny unbeeindruckt und machte sich ein paar Notizen.

»Das ist gut«, fuhr sie fort. »Die meisten Menschen kommen viel zu spät. Jetzt können Sie hier noch heimisch werden, aber wenn Sie erst die Namen Ihrer Nachbarn vergessen haben …«

Frau Kramny machte eine abwinkende Handbewegung. Dann hob sie unvermittelt den Zeigefinger.

»Haustiere sind in diesem Haus übrigens verboten«, sagte sie mit Nachdruck.

Frau Helbing ließ sich von ihrem strengen Blick nicht einschüchtern.

»Aber Sie haben doch auch Haustiere«, erwiderte sie und zeigte auf einen großen Glaskasten, der auf einem Aktenschrank stand.

»Ist das nicht ein Aquarium?«, fragte sie.

Frau Kramny lächelte pikiert.

»Das ist kein Aquarium«, korrigierte sie. »Das ist ein Terrarium.«

»Oh, Entschuldigung«, sagte Frau Helbing. »Ich dachte, das Bunte wären Fische.«

»Das sind Pfeilgiftfrösche«, erklärte die Heimleiterin ungerührt.

»Pfeilgiftfrösche?«

Frau Helbing zuckte zusammen. Sie hatte schon von Menschen gehört, die Schlangen hielten oder Vogelspinnen. Sogar von Reptilienliebhabern mit Krokodilen im Wohnzimmer. Aber Pfeilgiftfrösche waren die exotischsten Haustiere, die ihr je untergekommen waren.

»Es sind aber Tiere«, stellte sie unbeirrt fest. »Haustiere.«

»Sie wissen, was ich meine.« Frau Kramnys Tonfall war garstig. »Dieses pelzige Viehzeug zum Streicheln. Hunde, Katzen, Meerschweinchen. Die wollen wir hier nicht haben. Was glauben Sie, was die alles im Fell mit sich herumtragen? Zecken, Milben, Flöhe.«

Frau Kramny musste sich kurz schütteln.

Frau Helbing hatte den Eindruck, die Heimleiterin war angespannt. Sie redete schnell und laut. Hektisch warf sie immer wieder einen Blick auf eine kleine Uhr, die auf dem Schreibtisch stand.

»Aber doch nicht, wenn die Tiere im Haus gehalten und regelmäßig zum Tierarzt gebracht werden«, gab Frau Helbing zu bedenken.

»Nun, vielleicht sind sie dann parasitenfrei, aber was ist mit Bakterien, Viren oder Pilzen? In einem Altersheim gelten strenge Hygienevorschriften. Stellen Sie sich mal vor, jeder hätte einen Hund.«

Frau Kramny lachte hysterisch auf. Dann wischte sie sich mit einer fahrigen Handbewegung eine Strähne aus dem Gesicht. Ihre Haare waren gefärbt. Das war Frau Helbing schon bei der Begrüßung aufgefallen. Dieses unnatürliche matte Schwarz wirkte wie eine Perücke. Sie war auch zu stark geschminkt. Jedenfalls für eine Heimleiterin. Frau Helbing fand das unpassend. Frau Kramny hätte optisch eher in eines dieser Nagelstudios gepasst, die seit geraumer Zeit wie Pilze aus dem Boden schossen. Tummelplätze für Frauen zweifelhaften Rufs nach Frau Helbings Meinung. Wie man mit solch künstlichen Fingernägeln vernünftig seine Hausarbeit verrichten konnte, war ihr schleierhaft. Frau Kramny hatte auch waffenähnliche Krallen an den Fingerkuppen.

»Wie viele Hunde wären das denn?«, fragte Frau Helbing interessiert.

»Wie?« Frau Kramny hatte den Faden verloren.

Frau Helbing lächelte nachsichtig.

»Ich wollte wissen, wie viele Bewohner hier leben«, erklärte sie.

»Wir haben einhundertacht Zimmer. Verteilt auf vier Wohnbereiche. Und alle sind belegt.«

»Also siebenundzwanzig Personen pro Wohnbereich«, stellte Frau Helbing sofort fest.

Dafür musste sie nicht groß nachdenken. Rechnen konnte sie noch immer sehr gut. Erst in den siebziger Jahren hatten sie eine Registrierkasse in der Metzgerei angeschafft. Davor wurde noch im Kopf addiert.

Frau Kramny dagegen musste kurz nachdenken, bevor sie zustimmend nickte. Frau Helbing erkannte einen leichten Schweißfilm auf der Stirn der Heimleiterin. Vielleicht war Frau Kramny krank, kam es ihr in den Sinn. Zurzeit grassierte eine üble Grippe im Norden. Um sich selbst war Frau Helbing nicht besorgt, schließlich zog sie morgens immer ein Schnapsglas Salzwasser durch die Nase. Das hatte ihre Mutter schon gemacht und geschworen, ihr ganzes Leben nie krank gewesen zu sein.

Frau Kramny stand plötzlich auf.

»So«, sagte sie resolut und warf noch mal einen Blick auf die Uhr. »Ich zeige Ihnen jetzt mal einen Wohnbereich.«

Ohne eine Antwort abzuwarten, ging sie zur Tür.

»Kommen Sie!«, rief sie ungeduldig.

Die Frau war wirklich von der zackigen Sorte, dachte Frau Helbing und folgte ihr zum Fahrstuhl.

Auf dem Weg nach unten ratterte Frau Kramny lustlos die Eckdaten herunter, an denen sich Heimbewohner täglich zu orientieren hatten.

»Frühstück um halb acht, Mittagessen zwölf Uhr, Kaffee gibt es nachmittags um halb vier und Abendessen um sechs. Sie haben die Wahl zwischen Vollkost, Schonkost und Vegetarisch«, sagte sie mit monotoner Stimme.

Ob Frau Kramny immer so unmotiviert war oder einfach nur einen schlechten Tag erwischt hatte, fragte sich Frau Helbing.

Als sie im Erdgeschoss aussteigen wollten, versperrte ihnen ein Mann den Weg. Er stand mittig vor der Tür des Fahrstuhls auf einen Rollator gestützt und versuchte ungeschickt mit seiner Gehhilfe auszuweichen. Ohne lange zu überlegen, packte Frau Kramny den wackeligen Herrn am Arm und lenkte ihn um Frau Helbing herum in den Fahrstuhl.

»So, Herr Geiger«, sagte sie. »Alles gut.«

So viel Empathie hätte Frau Helbing der Heimleiterin gar nicht zugetraut.

Dann drückte Frau Kramny auf den Knopf für die dritte Etage und wartete, bis sich die Schiebetür geschlossen hatte.

»Also«, sagte Frau Kramny und wies Frau Helbing den Weg in einen langen, in Pastellblau gestrichenen Gang, von dem jede Menge Türen abgingen, »jetzt zeige ich Ihnen einen unserer Wohnbereiche.«

Hier sah es nicht nur aus wie im Flur eines Krankenhauses, fand Frau Helbing. Es roch auch so. Nach Seife, Putzmittel und Desinfektionskonzentrat. Im Gegensatz zu einem Hospital waren die Zimmer hier aber mit Klingeln und Namensschildern versehen. Zusätzlich – und das fand Frau Helbing hübsch gemacht – hing ein großes Foto des jeweiligen Bewohners auf Augenhöhe am Türblatt.

»Hier wohnt also Frau Paulsen«, sagte Frau Helbing.

Sie hatte das Porträt ihrer Nachbarin an Zimmer Nummer fünf entdeckt.

»Direkt neben Herrn Geiger«, stellte sie fest, nachdem

sie ein paar Schritte weitergegangen war. »Das mit den Fotos ist eine gute Idee. Da sieht man gleich, wer hier wohnt.«

»Eigentlich ist das mehr für die Bewohner gedacht. Wenn man sich die Zimmernummer nicht mehr merken kann und die Orientierung nachlässt, ist ein Foto sehr hilfreich«, erklärte Frau Kramny.

»Ganz schön pfiffig«, sagte Frau Helbing anerkennend.

Am Ende des Wohntraktes entdeckte sie ein Bild von Fiete. Ganz fesch, mit Troyer und Kapitänsmütze, war er in DIN-A-4 Größe abgebildet.

»Ah, die Kajüte von Herrn Jacobsen«, sagte Frau Helbing und beobachtete dabei genau die Mimik der Heimleiterin.

Frau Kramny zuckte sofort zusammen. Die bloße Erwähnung des Namens hatte eine heftige Reaktion bei ihr ausgelöst. Frau Helbing konnte genau sehen, wie sich ihre Augen weiteten.

»Woher kennen Sie Herrn Jacobsen?«, zischte sie.

»Fiete ist ein alter Freund meines verstorbenen Mannes«, erklärte Frau Helbing, ihre Aufmerksamkeit weiter auf Frau Kramny gerichtet. »Ich habe gehört, er wird bald umziehen. Das hat mir Frau Fischer erzählt. Eine nette Frau.«

Frau Kramnys Gesichtszüge verhärteten sich.

»Warum sind Sie hier?«, blaffte sie Frau Helbing ohne Vorwarnung an. Ihr Blick war kalt und unerbittlich. Sie bewegte sich einen Schritt auf Frau Helbing zu. »Wegen Herrn Jacobsen? In wessen Auftrag?«

Frau Helbing fühlte sich bedrängt. Sie hatte nicht mit einem solch heftigen Ausbruch gerechnet. Wieso reagierte Frau Kramny so unangemessen emotional?, fragte sie sich.

»In wessen Auftrag?« Frau Helbing schüttelte verständnislos den Kopf. »Ich möchte mir aus Eigeninteresse ein Bild von der Wohnsituation in diesem Heim machen. Weiter nichts.«

»Das glaube ich Ihnen nicht«, keifte Frau Kramny erbost.

Dann verschränkte sie die Arme vor der Brust und sagte: »Bitte gehen Sie. Zurzeit kann ich Ihnen sowieso kein Zimmer anbieten.«

Frau Helbing nahm ihren Mut zusammen und erwiderte: »Dieses Heim kommt für mich ohnehin nicht infrage. Ich habe nämlich ein Kaninchen zu Hause, um das ich mich kümmern muss.«

Das war nicht mal gelogen. Auch wenn das Tier zerlegt im Kühlschrank lag, musste es noch zubereitet werden.

»Auf Wiedersehen«, sagte Frau Helbing.

Frau Kramny war ihr unheimlich. Sie ließ die Heimleiterin stehen und ging den langen Flur zurück.

Dieses Gespräch war wirklich seltsam verlaufen. Frau Kramny entsprach nicht annähernd den Vorstellungen, die Frau Helbing von einer Heimleiterin hatte. Nun wurden Erwartungen selten erfüllt, aber ihre Menschenkenntnis ließ Frau Helbing aufhorchen. Ohne dass Frau Kramny ein Fehlverhalten an den Tag gelegt oder verwerfliche Äußerungen getätigt hatte, war Frau Helbing überzeugt, die Heimleiterin habe etwas zu verbergen. Sie hatte sich nicht nur ungewöhnlich, sondern geradezu verwirrt verhalten. Als wäre sie selbst Anwärterin auf einen Betreuungsplatz.

Frau Kramny hat definitiv ein Geheimnis, fand Frau Helbing. Nur welches? Und in welcher Beziehung stand sie zu Fiete? Offensichtlich gefiel es ihr nicht, dass sich jemand für den Kapitän interessierte.

Ganz in Gedanken versunken trat Frau Helbing durch den Haupteingang ins Freie. Obwohl es ungemütlich kalt war, bemerkte sie nicht, dass ihr Schal noch in ihrer Handtasche steckte.

Frau Helbing hatte sich noch keine drei Meter vom Haus entfernt, als plötzlich neben ihr etwas auf den Boden fiel. Aber kein Zweig, der vom Wind aus der Krone eines Baumes gefegt worden war, oder ein Blumentopf, der sich von seinem angestammten Platz auf einer Fensterbank gelöst hatte. Etwas viel Größeres war mit Wucht auf dem Boden aufgeschlagen. Das Geräusch des Aufpralls ließ Frau Helbing den Atem stocken. Ein splittriges Knacken hallte in ihren Ohren nach. Es dämmerte bereits, sodass sie nicht gleich erkennen konnte, um was es sich handelte, aber sie spürte sofort das Ausmaß einer Tragödie, die sich gerade anbahnte. Gänsehaut breitete sich auf ihren Armen aus. Etwas Fürchterliches, Grauenhaftes war passiert, da war sie sicher.

Sie brauchte nur wenige Schritte, um zu begreifen, was geschehen war. Direkt vor ihr lag Frau Fischer. Auf den Betonplatten war sie aufgeschlagen. In einer bizarren Verrenkung hatte sich ihr Rücken nach hinten gebogen. Ihre Gliedmaßen standen in unnatürlichen Positionen vom Körper ab.

»Frau Fischer!«, rief Frau Helbing entsetzt.

Ungeachtet des kalten, feuchten Gehwegs kniete sie sich neben den Körper und berührte Frau Fischers Gesicht. Alles Blut schien aus dem Kopf der Betreuerin entwichen zu sein, und doch bewegte sie die Lippen. Schwach, aber Frau Helbing konnte es deutlich erkennen. Frau Fischer wollte ihr etwas mitteilen. Offensichtlich etwas Wichtiges. Mit weit aufgerissenen Augen artikulierte sie eindringlich Wort um Wort, ohne dass ein Ton aus ihrem Mund drang. Frau Helbing versuchte vergeblich, von ihren Lippen zu lesen. Es war zum Verzweifeln.

»Was wollen Sie mir sagen?«, fragte sie ungeduldig. Ganz tief beugte sie sich hinunter. »Was?«

Mit letzter Kraft stieß Frau Fischer einen Laut aus.

Frau Helbing verstand »Morf«.

Eher Morfffffffff, mit einem lang gezogenen, langsam versiegenden F.

»Morf?«

Frau Helbing packte Fietes Betreuerin an der Schulter.

»Was heißt Morf? Bitte sagen Sie es mir.«

Frau Fischer reagierte nicht mehr. Mit dem verklungenen Konsonanten hatte ihre Seele den Körper verlassen.

Frau Helbing spürte, dass die Frau tot war. Vergeblich versuchte sie, ihren Puls zu ertasten. Schließlich schloss sie mit einer sanften Handbewegung Frau Fischers Augen.

Dann drehte sie sich um und ließ ihren Blick die Fassade des Gebäudes hinaufgleiten. Von wo, um Gottes willen, war Frau Fischer bloß in die Tiefe gestürzt?, fragte sich Frau Helbing. Vom Himmel würde sie nicht gefallen sein. Im dritten Stock entdeckte sie ein offenes Fenster.

»Das gibt es ja nicht«, flüsterte sie.

In dieser Etage war sie selbst eben erst gewesen. Frau Helbing war sich ganz sicher. Genau dort oben befand sich das Büro von Frau Kramny.

4

Du meine Güte, was ist denn bloß passiert? Sie sind ja ganz aufgeregt.«

Herr Aydin ließ seine Arbeit ruhen und sprang auf, um Frau Helbing aus dem Mantel zu helfen.

»Setzen Sie sich bitte. Ich bringe Ihnen einen Tee«, sagte er mit seiner beruhigenden, sonoren Stimme.

Frau Helbing ließ sich auf dem Stuhl nieder, der bei Herrn Aydin immer für sie bereitstand. Hier saß sie oft und trank gesüßten türkischen Tee aus einem kleinen bauchigen Glas.

In genau diesem Ladenlokal hatte sie früher mit Hermann eine Metzgerei betrieben. Vierzig Jahre lang. Das konnte man jetzt kaum noch erahnen. Damals waren die Wände gefliest gewesen, und eine riesige Wursttheke hatte mitten im Raum gestanden. Auch ein Hauklotz und in der Ecke eine Knochensäge.

Jetzt dominierten eine Arbeitsplatte, zwei mächtige Nähmaschinen und ein Bügelbrett dieses Geschäft. Herr Aydin hatte vor Jahren hier eine Änderungsschneiderei eingerichtet. Anfangs hatte Frau Helbing diesen Ort aus alter Gewohnheit aufgesucht. Mit der Zeit hatte sich dabei eine innige Freundschaft zwischen ihr und dem türkischstämmigen Schneider entwickelt. Wenn sie etwas auf dem Herzen hatte, konnte sie immer zu Herrn Aydin kommen. So wie jetzt, als sie, nachdem Frau Fischer direkt vor ihren Augen verstorben war und die Polizei ihre Personalien aufgenommen hatte, sofort hierhergekommen war.

»Gerade eben ist neben mir eine Frau auf den Bürgersteig gefallen«, begann Frau Helbing zu erzählen, als Herr Aydin ihr den Tee reichte. »Auf die Betonplatten. Es war schrecklich.«

»Nun ja«, sagte Herr Aydin beschwichtigend. »In der dunklen Jahreszeit kommt man leicht ins Stolpern.«

»Nein, nein«, beeilte sich Frau Helbing zu erklären, »die Dame ist nicht hingefallen. Sie ist gestürzt. Aus einem offenen Fenster im dritten Stock.«

»Oh«, sagte Herr Aydin und zog die Augenbrauen hoch. Er holte sich einen Stuhl heran und setzte sich neben Frau Helbing. »Das ist ja furchtbar.«

Frau Helbing nickte.

»Und wissen Sie was?« Sie setzte einen verschwörerischen Blick auf und flüsterte: »Ich habe den Verdacht, die Frau ist ermordet worden.«

Nun hätte Herr Aydin schmunzeln und sagen können: »Sie haben zu viele Krimis gelesen« oder »Das ist der Schock. Morgen können Sie wieder klar denken.«

Das tat er aber nicht. Ganz im Gegenteil. Vor nicht einmal einem halben Jahr hatte Frau Helbing tatsächlich einen Mordfall aufgeklärt. Es ging um ihren Nachbarn, einen Musiker, der eines Tages tot in seiner Wohnung gelegen hatte. Auch damals war es Herr Aydin gewesen, der sie nicht nur ernst genommen, sondern immer wieder ermutigt hatte, unbeirrt ihrem Instinkt zu folgen, was letzten Endes in die Verhaftung des Täters gemündet hatte.

»Kannten Sie die Frau?«, fragte er interessiert.

»Kennen wäre übertrieben, aber ich habe mich heute Morgen kurz mit ihr unterhalten. Ich war nämlich im Haus Buchenhain, um meine Nachbarin Frau Paulsen zu besuchen. Die wohnt seit ein paar Tagen dort. Und zufällig habe ich bei der Gelegenheit einen alten Freund meines Mannes angetroffen. Fiete Jacobsen. Den habe ich eine halbe Ewigkeit nicht gesehen. Ich wusste gar nicht, dass der überhaupt noch lebt. Jedenfalls war Frau Fischer Fietes Betreuerin.«

Frau Helbing hielt einen Moment inne und nippte an ihrem Tee.

»Frau Fischer war verärgert. Das hat man gemerkt. Richtig in Rage war sie. Irgendetwas schien ihr nicht zu passen. Sie wollte dafür sorgen, dass Fiete in ein anderes Heim umzieht.«

Herr Aydin runzelte die Stirn.

»Man zieht nicht aus einer Laune heraus um«, sagte er. »Frau Fischer wird einen triftigen Grund gehabt haben.«

»Genau«, bestätigte Frau Helbing. »Da muss etwas vorgefallen sein. Deshalb habe ich am Nachmittag der Heimleiterin auf den Zahn gefühlt. Mal abgesehen davon, dass ich Frau Kramny für verrückt halte, war sie richtig böse, als ich Fiete Jacobsen erwähnte. Die kann einem vielleicht Angst einjagen mit ihrer lauten und aufbrausenden Art.«

»Glauben Sie, Frau Kramny hat Frau Fischer aus dem Fenster gestoßen?«, fragte Herr Aydin.

»Nein.« Frau Helbing schüttelte energisch den Kopf. »Frau Kramny war im Erdgeschoss, als ich das Haus verließ. Wenige Sekunden später schlug Frau Fischers

Körper bereits auf dem Boden auf. Wie sollte sie in dieser kurzen Zeit in den dritten Stock gelangt sein? Das ist unmöglich.«

Herr Aydin nickte.

»Das wäre auch zu einfach.«

»Was wissen Sie über Pfeilgiftfrösche?«, fragte Frau Helbing unvermittelt.

»Pfeilgiftfrösche?« Herr Aydin hob verwundert die Augenbrauen. »Eigentlich nichts. Nur, dass sie klein und bunt sind.«

Frau Helbing hob den Zeigefinger.

»Und tödlich!«, rief sie.

»Ich höre, wie Sie wissen, gerne *Zwischen Hamburg und Haiti* im Radio. Es gab mal eine Sendung über den Amazonas. Mit dem Gift eines dieser kleinen Tiere kann man einen Elefanten umbringen. So etwas hat man doch nicht im Büro eines Altersheims stehen, oder? Was da alles passieren kann. Stellen Sie sich mal vor, einer der Bewohner isst so einen Frosch, weil er ihn für ein Bonbon hält.«

Jetzt konnte sich Herr Aydin ein Lächeln nicht verkneifen.

»Sie kommen aber auf abwegige Ideen«, sagte er.

»Keineswegs«, beteuerte Frau Helbing. »Ich habe mir heute dieses Haus Buchenhain von innen angesehen. Da wohnen ein paar sehr verwirrte Menschen.«

Sie unterstrich ihre Aussage mit einem heftigen Nicken. Dann sagte sie anerkennend: »Aber gute Musik haben die da, das muss man sagen.«

»Frau Fischer wurde aber nicht vergiftet«, stellte Herr Aydin fest.

Frau Helbing seufzte.

»Da haben Sie recht. Ich tappe noch völlig im Dunkeln.«

»Ich bin mir sicher, Sie werden schon bald einen Schritt weiter sein.«

»Hoffentlich. Ich glaube, jetzt muss ich mich erst mal ausruhen.«

»Machen Sie das, Frau Helbing. Und wenn ich Ihnen helfen kann, können Sie immer auf mich zählen.«

Für Herrn Aydin war das keine Floskel. Ernst sah er Frau Helbing an.

»Ich weiß. Vielen Dank«, antwortete Frau Helbing und verabschiedete sich.

Von Herrn Aydins Schneiderei aus war es ein kurzer Weg zu ihrer Wohnung in der Rutschbahn, einer Straße im Hamburger Grindelviertel. Zu Hause angekommen, drehte sie die Thermostate an den Heizkörpern etwas weiter auf. Obwohl sie ihre mit Lammfell gefütterten Hausschuhe trug, fröstelte Frau Helbing. Weniger wegen der Temperatur, sondern weil dieser Tag so sonderbar aufregend verlaufen war und die Gedanken und Bilder an Frau Fischers Tod nicht aufhören wollten, in ihrem Kopf zu kreisen. Mit einem Glas Saft und einem Teller Schnittchen in den Händen ging sie ins Wohnzimmer, setzte sich ermattet in ihren gemütlichen Ohrensessel und legte die Beine hoch.

Was hatte Frau Fischer ihr in den letzten Sekunden ihres Lebens bloß mitteilen wollen?, fragte sie sich. Und wer war diese Dame überhaupt gewesen? Offensichtlich wurde sie erst vor Kurzem als Betreuerin eingesetzt.

»Jetzt, wo ich die Verantwortung übernommen habe,

wird ihr Freund angemessen untergebracht«, hatte sie gesagt.

Frau Helbing konnte sich genau erinnern. Das warf natürlich die Frage auf, wer sich vorher um Fiete gekümmert hatte. Und natürlich musste auch in Zukunft jemand für Fiete sorgen. Vielleicht sollte sie das selbst übernehmen, dachte Frau Helbing. Zeit für eine solche Aufgabe hätte sie.

Nachdem sie das letzte Brot mit Schweinebraten und Gelee gegessen hatte, nahm Frau Helbing den Krimi zur Hand, den sie aktuell las und schlug die Seite mit dem Lesezeichen auf. Meist war sie hoch konzentriert bei der Sache, wenn es darum ging, einen fiktiven Fall zu lösen. Manchmal konnte sie gar nicht mehr aufhören zu schmökern, bis das letzte Kapitel beendet war. Zwei Romane pro Woche verschlang sie ohne Probleme. Gerade in der dunklen Jahreszeit. Nachschub besorgte sie sich regelmäßig in einer der gut sortierten Hamburger Bücherhallen. Das war günstig, und von den Angestellten wurde sie immer gut beraten. Jetzt aber kam sie überhaupt nicht in die Geschichte hinein.

Es ging um einen Jockey, der ein wahnsinnig teures Pferd hätte reiten sollen. Kurz vor dem Start eines hoch dotierten Rennens fand man ihn mit eingeschlagenem Schädel in einer Futterkiste. Das war ein Fall für Inspektor Murphy, Frau Helbings Lieblingsermittler. Diese Krimireihe um den britischen Kommissar war im traditionellen englischen Stil geschrieben. Geradezu altbacken, aber vor allem deshalb liebte Frau Helbing jeden einzelnen Band und rätselte immer mit dem Protagonisten um die Wette, wer den Täter oder die Täterin wohl als Erstes überführen würde. Nur jetzt waren ihre Gedanken nicht im Pferdestall, sondern im Heim. Ihr fiel dieser Mann wieder ein, der in den Fahrstuhl eingestiegen war, nachdem sie mit Frau Kramny das Erdgeschoss erreicht hatte. Geiger hieß er. Was hatte der eigentlich im dritten Stock verloren, wo er doch im Parterre wohnte? Im Zimmer direkt neben Frau Paulsen. Und vor allem, fragte sich Frau Helbing, wieso die Heimleiterin auf die Taste mit der 3 gedrückt hatte. Wie konnte sie wissen, in welche Etage der Mann wollte? Schließlich hatte er gar nichts gesagt. Das war höchst verdächtig.

Frau Helbing trank einen Schluck Saft und versuchte wieder in die Geschichte einzusteigen. Heute Abend wollte sie sich entspannen und nicht ermitteln. Morgen war schließlich auch noch ein Tag.

Inspektor Murphy hatte also kurzerhand die ganze Galopprennbahn abriegeln lassen. Die Besucher konnten, nachdem ihre Personalien aufgenommen waren, den Heimweg antreten. Jockeys, Pferdepfleger und überhaupt alle Angehörigen der Rennteams dagegen wurden daran gehindert, das Gelände zu verlassen.

Eigentlich hätte die Polizei auch das Haus Buchenhain sperren sollen, dachte Frau Helbing. Der Mörder – sofern es denn einen gab – musste ja noch im Gebäude gewesen sein, als die erste Streife eingetroffen war. Frau Helbing hatte auch auf einen möglichen Mord hingewiesen, aber die Beamten wollten nichts davon hören. Sie lächelten Frau Helbing eher mitleidig an. Wahrscheinlich hatte man sie für eine demenziell erkrankte Heimbewohnerin gehalten, die wild herumfabulierte.

Frau Helbing legte das Buch aus der Hand.

»Morf«, flüsterte sie. »Welches Wort fängt mit Morf an?«

Das war eine schwierige Aufgabe. Eine ganze Weile dachte sie angestrengt nach. Morphium war schließlich das Einzige, was ihr einfiel. Ein Opiat? Ging es vielleicht um Drogen? Aber Fiete, Frau Fischer und Drogen, das brachte sie im Kopf nicht zusammen.

Frau Helbing stöhnte. Vielleicht hatte sie Frau Fischer auch nicht richtig verstanden. Den ersten Buchstaben zum Beispiel. Statt Morf hatte sie vielleicht Dorf gesagt, oder Torf, oder Schorf. Das ergab aber alles keinen Sinn.

Das Läuten des Telefons riss Frau Helbing aus ihren Gedanken. Wer ruft denn um neunzehn Uhr noch an?, fragte sie sich, während sie in den Flur ging, um ihr schnurloses Mobilteil aus der Basisstation zu heben.

»Guten Abend, Frau Helbing. Borken von der Polizei. Vielleicht erinnern Sie sich noch an mich«, hörte sie eine Männerstimme sagen, nachdem sie sich gemeldet hatte.

»Herr Borken. Um diese Zeit?«, sagte sie.

Natürlich erinnerte sie sich. Es war erst eine paar Monate her, dass Herr Borken hier in ihrer Wohnung gewesen war. Zusammen mit Frau Schneider, seiner Vorgesetzten. Es ging damals um den Mord an einem Fagottisten, den Frau Helbing im Alleingang – und vor allem gegen den Widerstand der Polizei – aufgeklärt hatte. Besonders Frau Schneider war überheblich aufgetreten und hatte geglaubt, alles besser zu wissen. Die Kommissarin war in Frau Helbings Augen eine eingebildete Kuh und ihr Untergebener Borken ein übergewichtiger Handlanger, der seiner Vorgesetzten nach dem Mund redete. Das behielt sie aber lieber für sich.

»Brauchen Sie wieder einmal den Rat einer alten Dame?«, fragte sie stattdessen. Sie machte sich nicht die Mühe, freundlich zu klingen.

»Äh, nun …« Herr Borken rang nach den richtigen Worten. Dieses Telefonat war ihm ganz offensichtlich unangenehm. »Frau Schneider und ich sind gerade im Haus Buchenhain, um den Tod einer Betreuerin zu untersuchen. Offensichtlich waren Sie unmittelbar zugegen, als die Dame verunglückt ist.«

»Das ist richtig«, bestätigte Frau Helbing.

»Dann müssen wir natürlich mit Ihnen reden, nicht wahr? Als Hauptzeugin sind Sie ja, wie soll ich sagen? Wichtig. Also für die Ermittlungen.«

Herr Borken schwurbelte stockend herum.

»Bestimmt freuen Sie sich, wieder mit mir zusammenarbeiten zu dürfen«, sagte Frau Helbing. »Besonders Frau Schneider«, fügte sie trocken hinzu.

»Nun«, fuhr Herr Borken fort, ohne auf Frau Helbings Bemerkung einzugehen. »Frau Schneider hat mich beauftragt, einen Termin mit Ihnen abzustimmen. Hätten Sie vielleicht morgen Zeit für ein kurzes Gespräch?«

»Also morgen Vormittag werde ich erst einmal eine große Portion Labskaus kochen«, antwortete Frau Helbing.

»Sie wissen schon, dass Frau Schneider Veganerin ist«, stellte Herr Borken sofort klar.

»Glauben Sie, ich koche für Frau Schneider?«, sagte Frau Helbing empört. »Die kann gerne auf ihrer Weide grasen. Ich bereite ein Mittagessen für einen Freund zu. Der wohnt übrigens auch im Haus Buchenhain.«

»Das trifft sich gut«, sagte Herr Borken sofort. »Wir

müssen den Tatort noch mal bei Tageslicht in Augenschein nehmen. Um die Mittagszeit sind wir auch vor Ort. Sagen wir so um ein Uhr im Pflegeheim?«

Frau Helbing willigte ein.

Nachdem sie aufgelegt hatte, sah sie nach, ob alle Zutaten für Labskaus vorrätig waren. Kartoffeln und Zwiebeln hatte sie selbstverständlich immer im Haus. Eine Dose Corned Beef stand auch noch ganz hinten im Regal. Das Haltbarkeitsdatum konnte sie ohne Lesebrille nicht entziffern, aber das war egal, denn im Prinzip hielt sich so etwas ewig. Auch Gurken und Rote Bete im Glas fand sie in den Tiefen ihres Lagers. Eier waren ohnehin im Kühlschrank. Herr Paulsen hatte gestern mindestens zehn Stück zurückgebracht. Es fehlte eigentlich nur der Rollmops. Und natürlich musste sie noch Korn besorgen. Nach dem Alkohol schien Fiete noch mehr gegiert zu haben als nach dem hanseatischen Gericht. Das würde sie gleich nach dem Frühstück einkaufen.

Jetzt wollte sie endlich zur Ruhe kommen. Im Dritten gab es bestimmt einen Naturfilm. *Expedition ins Tierreich* vielleicht oder *mare TV*. Frau Helbing liebte solche Dokumentationen. Sie öffnete eine Packung Teegebäck und schenkte sich einen kleinen Likör ein. Bevor sie sich vor den Fernseher setzte, schaltete sie schon mal die elektrische Heizdecke in ihrem Bett an. Nachts hatte sie es gerne warm und gemütlich. Kommodig, wie der Hamburger sagt.

5

Während sie die vorgekochte Rote Bete würfelte, fragte sich Frau Helbing, wann sie das letzte Mal Labskaus zubereitet hatte. Das musste eine halbe Ewigkeit her sein. Mit Sicherheit hatte Hermann noch gelebt. Der konnte von regionalen Gerichten nie genug kriegen. Wenn Birnen, Bohnen und Speck oder Aalsuppe auf dem Tisch stand – am besten zusammen mit einem kühlen Bier –, war Hermann immer rundum glücklich gewesen.

So ein Labskaus ist eine ganz schöne Matsche, dachte Frau Helbing, als sie fertig war. Aber es roch köstlich in ihrer Küche. Für den Transport hatte sie extra ihren alten Henkelmann aus Aluminium rausgekramt und gespült. Den Korn füllte sie zur Sicherheit in eine Thermoskanne um. Als Tarnung, für den Fall, dass Alkohol im Heim verboten war. Zufrieden verstaute sie alles in ihrem Rollwagen und machte sich rechtzeitig auf den Weg ins Haus Buchenhain.

Die meisten Bewohner saßen bereits erwartungsvoll an den Tischen, als Frau Helbing den Gemeinschaftsraum betrat, der auch als Speisesaal diente. Fiete war auch schon an seinem Platz. Eine kompakte Frau mittleren Alters kam aus der Küche und begann schwungvoll Teller von einem Tischwagen zu verteilen. Ihre Gummischuhe machten schmatzende Geräusche auf dem Boden.

»Herrn Jacobsen müssen Sie nichts geben«, rief Frau

Helbing der Dame über zwei Tische hinweg zu. »Für den habe ich etwas gekocht.«

Sofort hatte sie die Aufmerksamkeit aller Anwesenden auf sich gezogen.

»Aha« – »Gekocht« – »Sind Sie neu?« – »Meine Tochter hat studiert« – »Hallo!«, hörte Frau Helbing aus dem anschwellenden Stimmengewirr heraus.

»Wer sind Sie denn?«

Die Küchenkraft hatte sich zu voller Größe aufgerichtet und taxierte Frau Helbing. ANITA stand auf ihrem Namensschild.

»Ich bin eine Freundin von Fiete«, sagte Frau Helbing. »Er hat sich ein Mittagessen von mir gewünscht.«

»Herr Jacobsen immer Schonkost«, dröhnte Anita mit einer durchdringenden Baritonstimme.

Sie sprach gebrochenes Deutsch mit einem starken Akzent. Frau Helbing ließ sich nicht irritieren.

»Heute isst Fiete Labskaus«, sagte sie bestimmt.

»Labskaus« – »Aha« – »Und wie geht das jetzt weiter?« – »Was?« – »Hallo!«, war sofort zu vernehmen.

Anita zuckte nur mit den Schultern und fuhr mit der Essensausgabe fort.

»Schonkost«, presste Fiete verächtlich durch die Lippen, nachdem sich Frau Helbing neben ihn gesetzt hatte.

»Nee«, sagte Frau Helbing und öffnete den Henkelmann, »heute gibt's was richtig Gutes.«

Dann klaubte sie mit einem Grinsen den Korn aus ihrem Hackenporsche.

»Riech mal.«

Sie hielt Fiete die Thermosflasche unter die Nase. Sofort griff der alte Käpten zu.

»Korn!«, rief er.

»Psst!«

Frau Helbing legte den ausgestreckten Zeigefinger über ihre Lippen. »Nicht so laut.«

»Korn?« – »Aha« – »Sind Sie neu?« – »Meine Tochter hat studiert« – »Eieieieiei«, konnte man laut von den umliegenden Tischen hören.

Frau Helbing fühlte sich ertappt. Vorsichtig sah sie zu Anita. Die war aber mit ihrer Arbeit beschäftigt. Stoisch griff sie Teller um Teller von ihrem Wagen. »Vollkost«, »Schonkost« oder »Vegetarisch« murmelte sie ab und zu. Fiete nahm einen Schluck und strahlte. Dann machte er sich mit großem Appetit über die Portion Labskaus her. Einige der Bewohner verrenkten sich fast die Hälse bei dem Versuch, nach seinem Essen zu schielen. Frau Helbing hatte ihren Spaß. Käpten Jacobsen auch.

»Was machen Sie auf meinem Platz?«

Unfreundlich wurde Frau Helbing plötzlich von der Seite angepöbelt. Herr Geiger stand unerwartet neben ihr. Auf seinen Rollator gestützt, beugte er sich über den Tisch und starrte Frau Helbing finster an.

»Entschuldigung, ich dachte der Platz wäre frei.«

Frau Helbing erhob sich und trat einen Schritt vom Tisch zurück.

»Das ist aber mein Platz«, wiederholte Herr Geiger mit einem pedantischen Unterton, während er sich setzte.

»Anita!«, rief er laut durch den Raum, nachdem er einen Blick auf den Teller des Käptens geworfen hatte. »Ich nehme auch Borschtsch!«

»Sie kriegen Vollkost!«, sagte Anita, ohne von ihrer Arbeit aufzusehen.

»Ist das etwa keine Vollkost?« Herr Geiger deutete mit dem Zeigefinger auf Herrn Jacobsens Teller. »Soll das vielleicht vegetarisch sein?«

Er klang angriffslustig.

»Das ist kein Heimessen«, erklärte Frau Helbing beschwichtigend. »Ich habe das gekocht.«

Dann fügte sie erklärend an: »Außerdem ist das Labskaus. Mit Gurke, Spiegelei und Rollmops.«

»Das ist bestimmt lecker«, sagte Herr Geiger, nahm seine Gabel und versuchte einen Happen Labskaus zu ergaunern.

»Unterstehen Sie sich!«, zischte Frau Helbing. Wie ein Fallbeil ließ sie ihre Handtasche zwischen Gabel und Teller auf die Tischplatte fallen. »Das ist nicht Ihr Essen.«

Herr Geiger stand auf und funkelte Frau Helbing böse an.

»Was haben Sie überhaupt hier verloren?«, stieß er wütend aus.

»Herr Geiger, setzen Sie!«, rief Anita und bewegte sich auf Herrn Geiger zu.

»Halten Sie die Klappe!«, entgegnete er der Küchenkraft.

Das war ganz schön mutig, fand Frau Helbing. Schließlich konnte sich der alte Mann nicht ohne Gehhilfe fortbewegen, und Anita kämpfte eindeutig in der Schwergewichtsklasse.

»Klappe« – »Hallo!« – »Sind Sie neu?« – »Setzen Sie!« – »Und wie geht das jetzt weiter?«, kam aus den Mündern der umsitzenden Bewohner, deren Blicke aufmerksam zwischen Anita und Herrn Geiger hin- und herpendelten. Hier schien sich eine interessante Auseinandersetzung anzubahnen.

Fiete bekam das gar nicht mit. Eifrig schob er sich Gabel um Gabel seines Mittagessens in den Mund und nahm ab und zu einen Schluck aus der Thermoskanne.

»Hier!«

Anita stellte für Herrn Geiger einen Teller auf den Tisch.

»Das ist für Sie«, sagte sie streng.

»Das können Sie Ihrem Hund füttern«, erwiderte Herr Geiger provozierend. »Ich gehe jetzt mal etwas Richtiges essen.«

Er griff nach seinem Rollator und bewegte sich in Richtung Ausgang.

»Das ist doch der letzte Dreck, der einem hier vorgesetzt wird!«, keifte er noch mal provozierend, bevor er die Tür erreicht hatte.

Anita rief ihm wütend etwas hinterher.

Obwohl Frau Helbing die Muttersprache der Küchenkraft nicht verstand, wusste sie mit Sicherheit, dass es sich um einen Fluch gehandelt hatte. Und zwar um einen, der selbst besoffenen Matrosen die Schamesröte ins Gesicht getrieben hätte.

»Darf der so einfach gehen?«, fragte Frau Helbing in die entstandene Stille.

»Hier Altersheim«, stellte Anita klar. »Kein Gefängnis.«

»Gefängnis?« – »Sind Sie neu?« – »Hundefutter« – »Meine Tochter hat studiert« – »Eieieieiei«, schwappte erneut eine Woge aus Sprachfetzen durch den Raum. »Der letzte Dreck!«, rief noch jemand in der hintersten Ecke.

Spontan griff Frau Helbing nach ihrem Mantel und folgte Herrn Geiger. Würde er wirklich essen gehen? Warum war er so aggressiv? Und wieso war er gestern in den dritten Stock gefahren? Dieser Mann gab so viele Rätsel auf. Vor allen Dingen war er anders. Irgendwie komisch. Aus der Masse der Bewohner stach er jedenfalls deutlich heraus. Frau Helbing heftete sich an seine Fersen.

Herr Geiger verließ das Gebäude und hatte das Grundstück schon fast verlassen, als er unvermittelt vor dem großen Eingangstor zur Straße stehen blieb. Frau Helbing duckte sich hinter einem geparkten Auto. Dann fiel ihr die Kinnlade herunter. Sie beobachtete, wie Herr Geiger seinen Rollator zwischen dem Müllcontainer und einer Ligusterhecke versteckte und seinen Weg fortsetzte, ohne sich irgendwo festzuhalten oder abzustützen. Kerzengerade und freihändig. Er war sogar so gut zu Fuß, dass sie Mühe hatte, mit ihm Schritt zu halten.

Frau Helbing war froh, als Herr Geiger einen Tabakwarenladen betrat. Das gab ihr Gelegenheit, kurz zu verschnaufen. Die Kondition dieses Mannes war unerwartet gut.

Es dauerte nicht lange, da trat er wieder auf die Straße. Im Gehen steckte er sich eine Zigarette an. Das abgerissene Cellophan der Verpackung warf er achtlos auf den Bürgersteig. Frau Helbing musste sich sehr zusammenreißen, ihn nicht anzuhalten und zur Rede zu stellen. Nach mir die Sintflut, dachte sie. Müll auf den Boden zu schmeißen missbilligte Frau Helbing zutiefst.

Hartnäckig folgte sie Herrn Geiger bis zum Dammtorbahnhof. Dort stieg er in einen Linienbus. Frau Helbing ließ ihn wegfahren. Sie hatte genug gesehen. Ein Simulant war das. Ein Simulant und Querulant. Warum spielte Herr Geiger im Heim den klapprigen Senior, obwohl er locker einen Halbmarathon würde laufen können, fragte sich Frau Helbing, als sie langsam zum Haus Buchenhain zurückging. Auf alle Fälle beschloss sie, ihre Erkenntnisse erst einmal für sich zu behalten. Dieser Wissensvorsprung könnte sich noch auszahlen.

Als Frau Helbing im Heim angekommen war, hatte sich der Speisesaal schon geleert. Anita wischte die abgeräumten Tische.

»Sie!«, rief die Küchenkraft, als sie Frau Helbing erblickte. »Was denken?«

Frau Helbing zuckte unwillkürlich zusammen. Anitas Tonfall fegte bedrohlich wie ein Peitschenhieb durch den Raum.

»Herr Jacobsen von Stuhl gefallen. Bumm! Fast Krankenwagen.« Sie griff Frau Helbings Thermoskanne und wedelte damit in der Luft.

»Oh«, sagte Frau Helbing. Plötzlich hatte sie einen Verdacht, worauf Anita hinauswollte. »Hat er etwa alles getrunken?«, fragte Frau Helbing vorsichtig.

Als Antwort drehte Anita langsam die geöffnete Flasche um. Böse sah sie Frau Helbing an. Kein Tropfen fiel zu Boden.

»Weg«, zischte sie.

Das nennt man leer, nicht weg, hätte Frau Helbing sie gerne korrigiert, traute sich aber nicht.

»Das tut mir leid«, sagte sie stattdessen. Und das meinte sie wirklich ernst. Jetzt machte sie sich Vorwürfe, Fiete mit dem ganzen Korn allein gelassen zu haben. Hoffentlich hatte er sich jetzt nicht die Leber ruiniert. Frau Helbing würde sich das nicht verzeihen.

»Wo ist er denn jetzt?«, fragte sie zaghaft.

»Schläft«, sagte Anita knapp.

Dann deutete sie auf Frau Helbings Henkelmann, der auf einer Anrichte neben der Küchentür stand.

»Nicht mein Topf.«

Damit war für Anita das Gespräch beendet. Sie stellte die Kanne auf den Tisch und verschwand in der Küche.

»Da sind Sie ja«, hörte Frau Helbing eine Stimme hinter ihrem Rücken.

Als sie sich umdrehte, erkannte sie Herrn Borken. Er stand neben Frau Schneider in der geöffneten Tür.

»Wir haben Sie schon gesucht«, sagte er mit einem leicht vorwurfsvollen Unterton.

Den Termin mit der Polizei hatte Frau Helbing ganz vergessen. Es war bereits Viertel nach eins, verriet ihr ein Blick auf die Wanduhr.

»Ich bin einer Spur nachgegangen«, sagte sie wahrheitsgemäß.

Sofort rollte Frau Schneider mit den Augen.

»Dann kann ja nichts mehr schiefgehen«, bemerkte sie schnippisch.

»Haha.« Herr Borken lachte gekünstelt und schob sich zwischen die beiden Frauen.

»Am besten setzten wir uns gleich hier an einen Tisch«, sagte er und schob eifrig ein paar Stühle hin und her.

Frau Helbing nahm das Angebot dankbar an. Nach der anstrengenden Verfolgung konnte sie nicht mehr stehen. Erschöpft setzte sie sich auf einen der Plastikstühle. Frau Schneider gab sich keine Mühe, ihre schlechte Laune zu verbergen. Missmutig starrte sie vor sich hin und überließ ihrem Vasall die Konversation.

»Erzählen Sie uns bitte, wie Sie den Unfall von Frau Fischer erlebt haben«, begann Herr Borken das Gespräch. »Sie waren doch direkt dabei, oder?«

»Das kann man so sagen. Die Frau ist fast auf mich drauf gefallen«, sagte Frau Helbing. »Das ging so schnell.«

Unvermittelt schlug sie mit der flachen Hand auf die Tischplatte.

»Zack!«, rief sie laut.

Frau Schneider und Herr Borken zuckten erschrocken zusammen.

»War Frau Fischer sofort tot?«, fragte Herr Borken.

»Nein, nicht gleich. Aber es hat nicht lange gedauert. Höchstens eine Minute.«

Herr Borken nickte.

»Hat Frau Fischer noch etwas gesagt?«

»Ja«, antwortete Frau Helbing knapp.

Dann wartete sie genüsslich. Sie wollte Herrn Borken und vor allem Frau Schneider nicht alles auf einem Silbertablett servieren. Sie sollten schon Interesse bekunden und nachfragen.

Herr Borken sah Frau Helbing erwartungsvoll an.

»Was hat sie denn gesagt?«, fragte er endlich.

»Morf«, sagte Frau Helbing wahrheitsgemäß.

»Morf?«

Herr Borken zog ungläubig die Augenbrauen nach oben.

»Nein«, korrigierte sich Frau Helbing. »Es klang eher so: Morfffffffff.«

Sie ließ das F langsam ausklingen, wie Frau Fischer es

getan hatte und bemühte sich, dabei auch mimisch den Eindruck einer sterbenden Frau zu simulieren. Und weil ihr das so gut gelungen war, wiederholte sie noch mal: »Morfffffff.«

Dann war es kurz still. Frau Schneider konnte nicht mehr an sich halten.

»Morf!«, rief sie gereizt. »Was soll das denn heißen?«

»Wissen Sie«, lächelte Frau Helbing, »darüber habe ich bereits lange nachgedacht.«

Dann machte sie eine Kunstpause und schüttelte den Kopf.

»Ich weiß es leider nicht.«

Frau Schneider schloss die Augen. Hörbar atmete sie aus. Die Frau wirkt so unausgeglichen, dachte Frau Helbing. So verhärmt. Vielleicht würde ihr ein Mann guttun. Oder Kinder. Oder wenigstens eine Katze.

»Die Frau fällt aus dem Fenster, sagt ›Morf‹ und verstirbt. Ich glaube das reicht uns«, sagte Herr Borken, bemüht, sachlich zu bleiben. »Danke, Frau Helbing.«

»Aha«, sagte Frau Helbing überrascht. »Und wer sie aus dem Fenster gestoßen hat, wissen Sie schon?«

Frau Schneider öffnete die Augen.

»Wie kommen Sie darauf, dass Frau Fischer gestoßen wurde?«, fragte sie ungehalten.

Frau Helbing musste einen Moment überlegen.

»Hab ich im Gefühl«, sagte sie schließlich.

Frau Schneider stand auf.

»Im Gefühl!«, presste sie durch die Lippen. »Ich will Ihnen mal was sagen. Ich gönne Ihnen Ihren Triumph, den Sie im letzten Jahr errungen haben. Ja, Sie hatten recht. Ihr Nachbar, der Fagottist, wurde ermordet. Aber kennen Sie das Sprichwort: Ein blindes Huhn findet auch mal ein Korn? Glauben Sie bloß nicht, Sie wären jetzt eine Topermittlerin, die den Profis zeigen kann, wo es langgeht!«

Frau Schneider drehte sich um und ging zur Tür. Herr Borken biss sich auf die Unterlippe. Wahrscheinlich hatte er seine Chefin noch nie so unkontrolliert erlebt. Auch Frau Helbing war überrascht, die Kommissarin in einem solchen emotionalen Ausnahmezustand zu sehen. Der Schmerz, einer Fleischereifachverkäuferin unterlegen gewesen zu sein, hatte ihr offensichtlich eine nicht verheilende Wunde zugefügt. Vielleicht lag die Anspannung aber auch darin begründet, dass Frau Schneider Veganerin war, überlegte sie. Dieser ganze Verzicht musste einen ja mit der Zeit in den Wahnsinn treiben.

»Wenn ich Sie recht verstehe, glauben Sie an Selbstmord«, sagte Frau Helbing ruhig. »Versehentlich fällt man nämlich nicht aus einem Fenster. Vor allem, wenn zahlreich Kakteen auf der Fensterbank stehen.«

»Nun«, sagte Herr Borken und schien seine Worte bedächtig abzuwiegen. »Im Moment gehen wir tatsächlich von einem Suizid aus.«

»Und aus welchem Grund sollte sich die Betreuerin in die Tiefe gestürzt haben?«, wollte Frau Helbing wissen.

»Fragen Sie mal Ihr Gefühl«, rief Frau Schneider schroff. Dann verließ sie den Raum.

Herr Borken wirkte ganz nervös. Er schien hin- und hergerissen zwischen dem Drang, seiner Chefin zu folgen, und dem Reflex, Frau Helbing wenigstens höflich zu verabschieden.

»Also«, sagte er und nestelte eine Visitenkarte aus dem

Sakko. »Wenn Ihnen noch etwas einfällt, dürfen Sie mich natürlich gerne anrufen.«

Dann machte er eine Art Verbeugung und entfernte sich rückwärts.

Herr Borken war schon fast bei der Tür, als Frau Helbing ihm nachrief: »Wissen Sie, seit wann Frau Fischer die Betreuerin von Herrn Jacobsen war?«

»Erst seit einer Woche«, antwortete Herr Borken hastig.

Er wollte jetzt wirklich weg. Frau Helbing war das egal.

»Haben Sie mal mit dem Geiger von Wohnbereich eins gesprochen?«, fragte sie. »Der ist mir aufgefallen.«

»Geiger?« Herr Borken schüttelte den Kopf. »Nein. Auf meiner Liste steht nur noch ein Herr Jacobsen. Auf Wiedersehen.«

»Herr Jacobsen ist jetzt nicht vernehmungsfähig«, wollte Frau Helbing noch sagen, aber Herr Borken war schon gegangen.

Egal, dachte sie. Die Polizei legte sowieso keinen Wert auf die Ratschläge einer alten Dame. Ein paar Minuten blieb sie noch sitzen. Dann wollte sie ihr Geschirr in dem alten Hackenporsche verstauen. Sie konnte den Henkelmann aber nicht finden. Eben noch hatte er auf einem der Tische gestanden, aber jetzt war er nirgends zu sehen. Anita war schon gegangen. Frau Helbing beschloss, morgen noch mal nachzufragen. Das Haus verliert nichts, hatte sie von ihrer Mutter gelernt.

Anstatt das Heim auf direktem Weg zu verlassen, bog sie in den Flur ab, in dem Fiete sein Zimmer hatte. Bevor sie nach Hause ging, wollte sich Frau Helbing unbedingt davon überzeugen, dass der Käpten auch ungestört seinen Rausch ausschlafen konnte. Dieser Frau Schneider traute sie zu, einen alten Mann aus dem Bett zu zerren, um ihn unter Androhung von Folter einem Verhör zu unterziehen.

Sachte klopfte sie an die Zimmertür, dann drückte sie leise die Klinke und trat ein. Fiete lag in seinem Bett. Er schnarchte gleichmäßig. Von den Polizisten war nichts zu sehen.

Frau Helbing sah sich um. Großzügig bemessen war der Raum nicht gerade. Neben dem Bett und einem Nachttisch gab es einen Sessel und ein Regal. Zwei furnierte Türen verbargen einen in der Wand eingelassenen Schrank. Das war es auch schon im Wesentlichen. Hier war es beengt wie in einem Wohnwagen, fand Frau Helbing. Besorgt dachte sie an all den Kram, der sich über die Jahre in ihrer Wohnung angesammelt hatte. Allein das Tafelservice für zwölf Personen mit zwei Saucieren und drei Suppenterrinen aus dem Nachlass ihrer Patentante würde hier niemals Platz finden. Zöge sie in ein Heim, müsste sie praktisch ihr gesamtes Hab und Gut weggeben. Es war erschreckend. Nur das Nötigste an Kleidung und ein paar Andenken könnte sie mitnehmen. Die Essenz eines ganzen Lebens musste am Ende in ein kleines Regal passen. Bei Fiete war das ein Fotoalbum, eine Schiffsglocke, mehrere Pfeifen und ein Schrumpfkopf. Mit dem hatte er früher schon angegeben. Angeblich das Geschenk eines Aymara-Häuptlings, dessen Tochter er aus den Fängen eines Sklavenhändlers befreit hatte. Frau Helbing hatte das nie so recht glauben können. Ganz unten im Regal stand ein ziemlich mitgenommenes Akkordeon, das bestimmt schon die ein oder andere Schiffshavarie mitgemacht hatte.

Als sich Frau Helbing bückte, um die antike Quetschkommode in Augenschein zu nehmen, bemerkte sie ein Stück Papier, welches unter das Regal geraten war. Für so etwas hatte sie ein Auge. Es handelte sich um einen Notizzettel. Mehrere Stichpunkte waren untereinander notiert. Was genau da stand, konnte sie ohne Lesebrille nicht erkennen.

Das könnte interessant sein, dachte Frau Helbing und verstaute den Fund kurzerhand in der Tasche.

»Dann schlaf mal gut«, sagte sie leise in Richtung Fiete und machte sich auf den Heimweg.

6

Fast wäre Frau Helbing an ihrer eigenen Haustür vorbeigelaufen. Nicht nur das Gespräch mit Frau Schneider und Herrn Borken hatte sie nachdenklich gemacht, auch das Verhalten von Herrn Geiger, der anscheinend ein Doppelleben führte, beschäftigte sie. Dazu kam noch das schlechte Gewissen wegen Fiete, der jetzt besoffen in seiner Koje lag. Die Treppe in den zweiten Stock, die sie trotz ihres Alters normalerweise mühelos bewältigte, kam ihr heute steiler vor als sonst, mit einer nicht enden wollenden Anzahl von Stufen, die in ihrer Erinnerung früher auch nicht so hoch gewesen waren. Als sie endlich vor ihrer Wohnungstür stand, ließ sie vor Schreck den Schlüssel fallen.

Herr Paulsen hatte nur »Guten Tag« gesagt, aber Frau Helbing hatte ihn nicht gesehen, obwohl sie fast auf Tuchfühlung an ihm vorbeigegangen sein musste.

»Oh, tut mir leid, Entschuldigung«, haspelte Herr Paulsen und bückte sich, um den Schlüssel seiner Nachbarin aufzuheben. Er trug ein graues Hemd, einen grauen Pullunder und eine graue Hose. Der Mann sollte sich grundsätzlich eine Warnweste überziehen, dachte Frau Helbing. Langsam beruhigte sich ihr Puls wieder.

»Ich wollte Sie fragen, ob Sie mir vielleicht einen Rat geben könnten«, sagte Herr Paulsen verlegen.

Frau Helbing zog hörbar Luft durch die Nase.

»Riechen Sie das auch?«, fragte sie.

»Ich koche ein Huhn«, erklärte Herr Paulsen. »Genau darum dreht sich auch meine Frage.«

Frau Helbing schob Herrn Paulsen zur Seite.

»Hier kocht kein Huhn, hier brennt vielleicht ein Huhn«, sagte sie und stieg, so schnell sie konnte, die Stufen in den dritten Stock hinauf.

Sie war nicht weit gekommen, als sich sirenenartig ein kreischender Warnton in ihr Ohr bohrte, der eindeutig von einem Rauchmelder ausging.

Aus Herrn Paulsens Wohnung kam ein beißender Geruch. Frau Helbing ging direkt durch die geöffnete Tür in die Küche und schaltete den Herd aus. Dann riss sie ein Fenster auf, damit der Qualm abziehen konnte.

»Was soll das denn werden?«, fragte sie vorwurfsvoll Herrn Paulsen, der im Flur auf einem Stuhl stand und den Detektor ausgeschaltet hatte.

»Na ja, ich dachte, wenn ich gleich ein ganzes Huhn mache, habe ich ein paar Tage etwas davon.« Vorsichtig kletterte er wieder auf den Boden zurück.

»Aber Sie können doch nicht ein ganzes Huhn am Stück in die Pfanne legen und auf höchster Stufe den Herd einschalten. Noch dazu ohne Öl«, schimpfte Frau Helbing. »Wie soll das denn gar werden?«

Sie schüttelte fassungslos den Kopf.

»Haben Sie überhaupt schon mal gekocht?«

»Ich hätte nicht gedacht, dass es so kompliziert ist«, sagte Herr Paulsen zerknirscht.

Frau Helbing griff sich ein großes Messer von der Arbeitsplatte. Die angebrannte Haut des Huhns trennte sie kurzerhand am Rücken ab. Dann brauchte sie nur wenige Schnitte, um Schenkel und Flügel vom Körper zu lösen, ein weiteres Mal zu teilen und den Rumpf über Kreuz zu zerlegen. Ihr Nachbar sah staunend zu.

»Haben Sie Suppengrün?«, fragte Frau Helbing.

Herr Paulsen verstand sie nicht recht.

»Suppengrün«, wiederholte sie. »Sellerie, Karotten, Lauch, Petersilienwurzel, Zwiebeln ... Irgendwo muss der Geschmack ja herkommen.«

»Gehen auch Brühwürfel?«, fragte Herr Paulsen.

»Zur Not«, stöhnte Frau Helbing.

Sie setzte die Hühnerteile mit in Wasser gelösten Suppenwürfeln auf den Herd.

»Sie lassen das jetzt mindestens eine Stunde kochen und achten darauf, dass immer genug Flüssigkeit im Topf ist. Verstanden?«

Herr Paulsen nickte.

»Am besten machen Sie Reis dazu«, sagte sie.

Mit erhobenem Zeigefinger fügte sie hinzu: »Aber bei der Zubereitung halten Sie sich bitte an die Angabe auf der Packung.«

»Vielen Dank«, sagte Herr Paulsen. »Das war übrigens beeindruckend. Also wie Sie das Huhn zerlegt haben. Meine Frau konnte das nicht so gut.«

»Ihre Frau war bestimmt in anderen Dingen gut«, sagte Frau Helbing.

Dass sie Frau Paulsen für eine miserable Hausfrau hielt, wollte sie jetzt nicht kundtun. Stattdessen sagte sie: »Jeder hat seine Stärken. Sie bestimmt auch.«

»Ich kann gut Vögel zählen«, sagte Herr Paulsen nicht ohne Stolz.

»Das klingt ja spannend«, sagte Frau Helbing.

Sie hatte das nur so dahingesagt und keinesfalls abwertend gemeint, aber Herr Paulsen setzte sofort eine beleidigte Miene auf.

»Es ist schwieriger, als man denkt«, rechtfertigte er sich. »Haben Sie schon mal im Wattenmeer vor einer Kolonie Weißwangengänse oder Austernfischer gestanden? Und dann kommt ein Wanderfalke …«

Mit beiden Händen formte er einen aufsteigenden Schwarm, bis seine Finger fast die Decke berührten.

»Ftftftftftftftftftftftftftftftft«, artikulierte er mit der Zungenspitze zwischen seinen Lippen. Unabsichtlich spuckte er dabei ein bisschen.

»Da braucht man einen guten Blick. Mit Spektiv und Zähluhr kommt man da nicht weit. Sie müssen den Vögeln mit den Augen folgen und den Fokus aufziehen. Als Hobbyornithologe beteilige ich mich seit vierzig Jahren an den Zählungen der Zugvögel. Und ich bin einer der besten.«

»Das glaube ich Ihnen«, lenkte Frau Helbing sofort ein. Sie wollte Herrn Paulsen nicht verärgern.

»Ich kann Zilpzalp und Fitis auf mehrere Hundert Meter auseinanderhalten.«

»Interessant«, sagte Frau Helbing. Sie war müde und wollte in ihre Wohnung, aber Herr Paulsen kam richtig ins Plaudern.

»Meistens komme ich ganz nah an die Tiere heran. Ich kann mich gut anschleichen. Mein Spitzname unter den Vogelkundlern ist Indianer.« Er lächelte breit. »Einmal stand ich in einer Kolonie von Sanderlingen. Mittendrin. Und die Tiere haben mich nicht wahrgenommen. Ich war praktisch unsichtbar.«

»Davon bin ich überzeugt«, sagte Frau Helbing. Sie dachte einen Moment lang nach. »Ich hätte da eine Idee. Vielleicht können Sie im Heim mal Ihren Blick schweifen lassen.«

»Wie meinen Sie das?«, fragte Herr Paulsen.

»Wenn Sie diesen Herrn Geiger, der im Zimmer neben Ihrer Frau wohnt, mal im Auge behalten, oder auch Frau Kramny, dann koche ich Ihnen eine schöne Portion Labskaus«, sagte sie ohne Umschweife. »Einverstanden?«

»Labskaus!«, rief Herr Paulsen verzückt. »Das habe ich ja schon ewig nicht mehr gegessen.« Er bekam ganz große Augen.

»Das geht offensichtlich vielen Leuten so«, sagte Frau Helbing. »Das Angebot steht. Mit Gurke, Spiegelei und Rollmops. Aber jetzt muss ich mich ausruhen. Das war ein anstrengender Tag für eine alte Frau.«

Bevor sie ging, ermahnte sie Herrn Paulsen noch mal, den Topf mit der dilettantisch angesetzten Hühnerbrühe nicht aus den Augen zu lassen.

Frau Helbing war froh, als sie endlich in ihrem Ohrensessel saß und die Füße hochlegen konnte. Was sie heute alles erlebt hatte, war nach ihrem Geschmack Abenteuer genug für eine ganze Woche. So viel Aufregung konnte sie nicht mehr gut ab, wie der Hamburger sagte.

Normalerweise pflegte sie einen geregelten Tagesablauf. Morgens sah sie immer nach dem Wetter. Eine kurze Analyse der Wolkenkonstellation – und über Hamburg zogen fast immer Wolken hinweg – genügte ihr, um eine treffende Prognose für den weiteren Tagesverlauf zu stellen. Anschließend frühstückte sie – und da gab es seit Jahrzehnten keine Ausnahme – Graubrot mit Quittengelee. Danach kaufte sie ein, hielt ihre Wohnung in Ordnung, besorgte Krimi-Nachschub aus der Bücherhalle oder spazierte in Planten un Blomen, einer gepflegten Parkanlage, die sich vom Fernsehturm bis zum Millerntor erstreckte. Selten passierte etwas Aufregendes. Aber einen Heimbewohner zu observieren, von der Polizei verhört zu werden, Fiete zu bekochen und in der Nachbarwohnung einen Brand zu verhindern, war wirklich mehr, als sie innerhalb eines halben Tages verkraften konnte. Mal abgesehen davon, dass sie sich für den Rausch des Käptens verantwortlich fühlte. Es dauerte auch nicht lange, bis Frau Helbing eingeschlafen war.

Erst gegen fünf Uhr wachte sie wieder auf. Während sie sich einen Tee zubereitete, fiel ihr der Zettel wieder ein, den sie unter Fietes Regal herausgezogen hatte. Sie setzte ihr Brille auf und begann die Notizen zu lesen.

– *11 Uhr Besichtigungstermin*
– *16 Uhr Kramny*
– *Konto sperren*
– *Depot 8767334972*

»Elf Uhr Besichtigungstermin«, murmelte Frau Helbing.

Das musste Frau Fischer geschrieben haben. Ganz sicher. Nicht nur, weil sie mit Fiete am Mittwoch zu einem solchen Termin gefahren war, sondern auch, weil die Handschrift weibliche Züge aufwies. Das hatte kein Mann geschrieben. Und der alte Seebär schon mal gar nicht. »Sechzehn Uhr Kramny« würde auch erklären, warum sich Frau Fischer um diese Zeit im Büro der Heimleiterin aufgehalten hatte. Kurz nach vier war sie aus dem Fenster gestürzt. Ganz offensichtlich wollte sie auch ein Konto sperren. Nur welches? Und warum?

Frau Helbing rührte etwas Honig in ihren Tee. Dabei bewegte sie den Löffel in meditativen Kreisbewegungen und fragte sich, was genau ein Depot eigentlich war. Heide wusste das bestimmt. Nicht nur, weil sie über ein großes Allgemeinwissen verfügte. Ihr Mann hatte bei einer Bank gearbeitet. Aber nicht in den Niederungen der Filialen, um Geld zu zählen oder Kunden die Schließfächer zu öffnen. Albert hatte sein Büro in der Vorstandsetage gehabt. Ganz oben, wo die Schreibtische größer waren als Frau Helbings Ehebett. Seit seinem Tod überwiesen verschiedene Pensionskassen jeden Monat ein kleines Vermögen auf Heides Konto. Oder besser gesagt, die Konten. Den genauen Überblick über ihre Finanzen hatte Heide wahrscheinlich selbst nicht, was aber unerheblich war, da sie ihr Vermögen von einem Berater verwalten ließ. Vermutlich hatte sie auch ein Depot. Vielleicht sogar zwei.

»Schätzchen!«, rief Heide überrascht. »Du interessierst dich für Aktien?«

Spontan hatte Frau Helbing ihre Freundin angerufen, um sich zu informieren.

»Bei einem Depot geht es also um Aktien«, sagte sie. »Kannst du mir auch erklären, was eine Aktie ist?«

»Das ist eine Unternehmensbeteiligung. Man nennt das auch Wertpapier. Mit einer Aktie kaufst du ein winziges Stückchen von einer Firma.«

»Und wo kann ich so ein Stückchen Firma kaufen?«

»An der Börse natürlich.«

»Die Börse ist also ein Laden für Aktien.«

Heide lachte kurz auf.

»Nicht wirklich. Du kannst da nicht persönlich hingehen so wie in einen Supermarkt. Es gibt Händler, die den Kauf für dich ausführen.«

»Ich lasse also ein Stückchen Firma kaufen und lege es in mein Depot. Richtig?« Frau Helbing versuchte ihrer Freundin gedanklich zu folgen.

»Im Prinzip ja«, bestätigte Heide.

»Und dann?«

»Wie, und dann?«

»Dann liegen die Dinger im Depot rum und verstauben wie Schmutzfänger in der Vitrine. Das ergibt doch keinen Sinn.«

»Doch, natürlich. Schließlich handelt es sich hier um eine Kapitalanlage. Die Firmen schütten den Anteilseignern eine Dividende aus.«

»Was schütten die aus?«

Frau Helbing hatte das Wort Dividende noch nie gehört.

»Du kriegst Geld. Eine Art Zins. Schließlich gehört dir die Firma. Jedenfalls ein winziges Stückchen davon.«

»Und wie viel Dividings schütten die aus?«

»Kommt darauf an, wie gut die Firma gewirtschaftet hat. Auf einer jährlich stattfindenden Hauptversammlung wird die Höhe der Zahlung festgelegt. Und wenn es gut läuft, steigt mit der Zeit zusätzlich der Wert der Aktie und du kannst sie irgendwann mit Gewinn verkaufen.«

»Interessant«, sagte Frau Helbing und nahm einen Schluck Tee.

»Warum willst du das eigentlich wissen?«, fragte Heide.

»Ach, wo soll ich anfangen?«, seufzte Frau Helbing.

»Du weißt ja gar nicht, was in den letzten zwei Tagen passiert ist. Kannst du dich noch an Fiete erinnern?«

»Den Kapitän?«

»Genau. Der wohnt jetzt im Altersheim. Gleich bei mir um die Ecke. Den habe ich da zufällig entdeckt, weil ich meine Nachbarin besucht habe. Gestern habe ich ihm eine Portion Labskaus gekocht und …«

»Labskaus!«, unterbrach sie Heide. »Das habe ich ja lange nicht mehr gegessen.«

»Hör mir doch mal zu«, sagte Frau Helbing unwirsch.

Heide konnte einem in den unmöglichsten Momenten dazwischenquatschen. Frau Helbing fand das höchst unhöflich.

»Und dann fällt seine Betreuerin aus einem Fenster im dritten Stock«, fuhr sie fort. »Die Frau ist mir direkt vor die Füße gefallen. Vielleicht hat sie jemand geschubst, wer weiß?«

»Franzi, du bist doch nicht schon wieder einem Mord auf der Spur?«, sagte Heide mit einem amüsierten Unterton in der Stimme.

»Es gibt ein paar Ungereimtheiten«, rechtfertigte sich Frau Helbing. »Diese Frau Fischer wollte ein Konto sperren und hat sich die Nummer eines Depots notiert. Und bevor sie starb, hat sie ›Morf‹ gesagt. Vielleicht hängt das alles irgendwie zusammen.«

»Morf!« Heide lachte kurz auf. »Was soll das denn heißen?«

»Das weiß ich eben nicht«, sagte Frau Helbing.

»Wenn du Langeweile hast, können wir gerne mal ins Theater gehen«, schlug Heide vor.

»Ich habe keine Langeweile.«

Frau Helbing war ungehalten. Sie hatte wieder einmal das Gefühl, von ihrer Freundin nicht ernst genommen zu werden. Diese leicht herablassende Art, mit der Heide gerne zwischen den Zeilen ihre Meinung kundtat, konnte Frau Helbing auf die Palme bringen. Allein die Tatsache, dass sie wieder »Franzi« gesagt hatte. Frau Helbing wollte Franziska genannt werden. Die Verballhornung des eigenen Namens empfand sie als herabwürdigend. Dummerweise konnte sie sich nicht revanchieren, denn an Heide gab es nun mal nichts zu kürzen.

»Du weißt, dass ich nicht gerne ins Theater gehe«, sagte sie. Theater, Konzerte, Vernissagen. Für all diese Kulturveranstaltungen fehlte Frau Helbing jegliches Interesse.

»Bitte.« Jetzt klang Heide eingeschnappt. »Wenn du mich fragst, würde ein anspruchsvolles Event deinen Horizont erweitern. Aber wenn du nicht willst …«

»Ich habe übrigens ein frisches Kaninchen im Kühlschrank.«

Frau Helbing wollte die Wogen glätten. Streitereien waren ihr ein Gräuel. Lieber lenkte sie ein, als eine angespannte Situation lange zu ertragen.

»Vielleicht magst du am Sonntag zum Essen vorbeikommen«, sagte sie versöhnlich.

»Hast du wieder ein Langohr vom Jankel geschlachtet?«

Seit Jahren kam Heide regelmäßig, um an Frau Helbings Weihnachtsgeschenk mitzuessen. Natürlich musste sie dabei immer betonen, wie schlimm es doch sei, ein Tier zu töten, und dass sie gar nicht verstehe, wie man diese ganzen Gedärme aus dem Bauchraum kriegte, ohne dass einem selbst schlecht wurde. Aber beim Essen schlug sie dann stets gierig zu und lobte die Kochkünste ihrer Freundin.

»Ich mache das wieder ganz klassisch«, sagte Frau Helbing. »Mit Stampfkartoffeln und Wurzelgemüse. Sagen wir dreizehn Uhr?«

Nachdem sie das Gespräch beendet hatte, fragte sich Frau Helbing, ob Fiete tatsächlich im Besitz eines Aktiendepots war. Hatte er als Kapitän genug verdient, um Firmenanteile zu erstehen? Hermann hätte das vielleicht gewusst, aber den konnte sie nicht mehr fragen.

»Was macht eigentlich der lustige Pitt«, murmelte sie halblaut.

Einer Eingebung folgend, schlug Frau Helbing das Telefonregister auf, in dem Hermann und sie seit 1961 alle Festnetznummern von Bekannten und Freunden festgehalten hatten. Und zwar unter *S* wie Schröter. Peter Schröter war Pitts richtiger Name. Daran konnte sie sich noch erinnern. Aber lebte er überhaupt noch? Und wenn ja, konnte man ihn unter der alten Telefonnummer erreichen? Frau Helbing wusste von Menschen, die eine längst vergessene Verlässlichkeit aufwiesen. Eine Konstanz, wie es die Jugend nur noch aus Erzählungen kannte. Paare, die goldene oder sogar diamantene Hochzeiten feierten. Arbeiter, die nach fünfzigjähriger Betriebszugehörigkeit mit einer goldenen Uhr geehrt wurden. Kaufleute, die per Handschlag Verträge abschlossen und sich auch daran gebunden fühlten. All das war mit der Zeit verloren gegangen, aber mit etwas Glück waren diese Relikte einer vergangenen Epoche noch greifbar. Unbeirrt wählte sie die Nummer, die Hermann, das erkannte sie an der Handschrift, vermutlich Mitte der sechziger Jahre hier vermerkt hatte. Sie hätte fast geweint, als sie Pitts Stimme hörte. »Schröter«, sagte er, und als Frau Helbing vor Aufregung nichts erwiderte, fügte er ein »Hallo?« an.

»Hier ist Franziska«, sagte sie mit einem Beben in der Stimme. »Franziska Helbing.«

Jetzt hatte es Pitt die Sprache verschlagen. Jedenfalls blieb es in der Leitung stumm.

»Rate mal, wen ich gestern getroffen habe«, begann Frau Helbing zu erzählen.

7

Wie jeden Morgen warf Frau Helbing einen Blick aus dem Fenster, um sich der Wettervorhersage für den anstehenden Tag zu widmen. Während der Kaffee durch die Maschine lief, erstellte sie stets eine Prognose der zu erwartenden Temperatur und der voraussichtlichen Windstärke. Auch die Anzahl der Sonnenstunden oder die Menge des Niederschlags konnte sie höchst präzise einschätzen. Frau Helbing hatte ein meteorologisches Gespür und irrte sich selten. Heute würde es wolkenverhangen, aber trocken bleiben, bei vier bis sechs Grad. Das fand Frau Helbing akzeptabel. Vor allem die Tatsache, dass es nicht regnete, war ihr wichtig.

Sie wollte mit Fiete und dem lustigen Pitt einen Ausflug machen. Mit Letzterem hatte sie am Vorabend lange telefoniert. Es war ein sehr emotionales Gespräch gewesen. Lustig und traurig zugleich. Immer wieder waren Bilder aus alten Tagen in Frau Helbings Kopf aufgetaucht, die lebendig und fast real wirkten, um im nächsten Augenblick wie Seifenblasen zu zerplatzen, weil es sich eben doch um Erinnerungen an eine unwiederbringliche Vergangenheit handelte, die sie wehmütig stimmten. Pitt hatte ihr oft Gründe gegeben, herzhaft zu lachen, und doch hatte sie im Verlauf des Telefonats mehrmals gegen Tränen ankämpfen müssen, die sie sich nicht zu weinen getraut hatte. In ihrer Generation zeigte man selten, was einen im Innersten bewegte. Dass Hermann schon so viele Jahre tot war, war ihr bewusst geworden wie lange nicht mehr.

Trotzdem freute sie sich auf den heutigen Tag. Immerhin hatte sie es geschafft, die beiden Männer wieder zu vereinen. Es war schwer zu sagen, warum der Kontakt zwischen Fiete und Pitt abgebrochen war. Frau Helbing vermutete, dass Hermann die Gruppe zusammengehalten hatte.

Pitt war aber sofort Feuer und Flamme gewesen und hatte die Idee gehabt, einen Ausflug zu machen.

»Der alte Klabautermann muss mal an den Hafen«, hatte er gesagt. »Der geht doch ein, wenn er kein Wasser sieht.«

Frau Helbings Einwand, Mitte Januar sei vielleicht nicht die beste Zeit, um an den Landungsbrücken zu spazieren, und man solle lieber ein Café aufsuchen, um im Warmen gemütlich zu plauschen, ließ Pitt nicht gelten.

»Ich bring einen großen Flachmann mit, das heizt besser als Taschenwärmer«, hatte er Frau Helbings Bedenken beiseitegewischt. »Wirst schon sehn. Der Knurrige wird dann ganz handzahm. Vielleicht fängt er sogar an zu reden. Das hat Seltenheitswert.«

Frau Helbing hatte schließlich eingewilligt, und sie verabredeten sich für vierzehn Uhr im Haus Buchenhain.

Obwohl noch früh am Morgen, war sie wegen des Treffens schon ganz aufgeregt. Zunächst wollte sie aber einkaufen gehen. Freitags besuchte sie den Wochenmarkt in der Isestraße. Immer. Frau Helbing liebte Struktur in ihrem Leben, und gerade jetzt im Winter zeigte sich, wer gewillt war, an seinen Prinzipien festzuhalten. All die Gutwettereinkäufer waren ihr zuwider. Menschen, die bei strahlendem Sonnenschein einen kecken Strohhut aufsetzten, in frankophiler Manier eine Anzugweste über dem Hemd trugen oder eine karierte Schürze umbanden, um einem typischen Marktstyle zu frönen. Die, um gesehen zu werden, im Schneckentempo schleichend den Platz zwischen den Ständen verstopften und nur hier und da ein paar sardische Zitronen oder eine exotische Riesenpapaya dekorativ in ihrem geflochtenen Weidenkorb platzierten. Mitte Januar sah man die natürlich nicht, weil sie in ihren überteuerten Eigentumswohnungen mit Fußbodenheizung hockten und zum Einkauf lieber im SUV ins nächstgelegene Shoppingcenter fuhren.

Frau Helbing war da vom alten Schlag. Zackig kaufte sie die frischen Lebensmittel, die sie für die kommende Woche benötigte, und verstaute alles in ihrem Hackenporsche. Und zwar unabhängig vom Wetter.

Als sie an einem Blumenstand vorbeikam, erstand sie noch eine lachsfarbene Amaryllis für Herrn Aydin. Der Schneider hatte immer gerne Blumen in seinem Schaufenster stehen, und Frau Helbing war bei ihrem letzten Besuch aufgefallen, dass die Chrysantheme im Laden ihre Blütezeit bereits überschritten hatte.

Sie war noch nicht lange wieder zu Hause, als Herr Paulsen an ihrer Tür klingelte.

»Brennt was?«, fragte sie trocken.

»Nein. Ich glaube, meine Waschmaschine ist kaputt«, sagte er. »Die Wäsche wird gar nicht nass.«

»Haben Sie das Wasser aufgedreht?«, fragte Frau Helbing.

»Das Wasser aufgedreht?«

Herr Paulsen machte einen hilflosen Eindruck.

»Ich komme mal mit«, bot Frau Helbing an und steckte den Schlüssel ihrer Wohnungstür ein.

Das kann ja noch anstrengend werden, dachte sie, während sie ihrem Nachbarn in den dritten Stock folgte.

Nachdem Frau Helbing das Absperrventil geöffnet hatte, warf sie einen Blick durch das Bullauge der Maschine.

»Das ist nicht ihr Ernst«, stellte sie kopfschüttelnd fest.

Herr Paulsen verstand nicht, was sie meinte.

»Sie müssen die Wäsche natürlich sortieren«, erklärte Frau Helbing.

»Aha«, war alles, was Herr Paulsen dazu zu sagen hatte.

»Ich zeige Ihnen das mal.«

Mit sicheren Handgriffen zog Frau Helbing alle Kleidungsstücke aus der Trommel und verteilte sie auf drei Häufchen.

»Das ist aber uneffektiv«, wagte Herr Paulsen einzuwenden. »Da muss ich ja dreimal waschen, wo doch alles auf einmal in die Trommel passt.«

Frau Helbing rollte mit den Augen.

»Wenn Sie das weiße Hemd zusammen mit den schwarzen Socken waschen, können Sie es auch gleich wegwerfen«, sagte sie streng.

»Verstehe.«

Herr Paulsen zeigte sich einsichtig.

»Herr Geiger ist gestern übrigens um zweiundzwanzig Uhr sechsundvierzig ins Heim zurückgekehrt«, sagte er beiläufig. »Sein Zimmer ist praktisch leer. Man könnte fast meinen, er wohnt da gar nicht.«

Frau Helbing hielt im Sortieren inne.

»Sie waren in seinem Zimmer?«

Herr Paulsen nickte.

»Sie hatten mich doch gebeten, ihn zu beobachten, nicht wahr?«

»Ja, ja«, sagte Frau Helbing, »aber dass Sie gleich einbrechen …«

»Es war nicht abgeschlossen«, verteidigte er sich. »Ich habe nur mal reingeguckt. Das Bett war bezogen, aber sonst …« Er zuckte mit den Schultern.

»Sie meinen, er hat sich nicht eingerichtet?«

»So kann man das sagen. Ein paar Kleidungsstücke liegen herum und eine Zeitschrift, aber es gibt keine Andenken oder Erinnerungsstücke. Sie wissen, was ich meine. Persönliche Dinge wie ein Familienfoto. Normalerweise macht man es sich doch gemütlich.«

»Interessant«, sagte Frau Helbing. »Wissen Sie, wie lange er bereits im Haus Buchenhain wohnt?«

Herr Paulsen schüttelte den Kopf.

»Das kann ich aber in Erfahrung bringen«, sagte er.

Frau Helbing hatte den Eindruck, Herr Paulsen war im Winter nicht ausgelastet und freute sich, Beobachtungen anstellen zu dürfen.

»Gerne«, sagte sie.

Dann zeigte sie auf einen Stapel Wäsche.

»Dreißig Grad«, betonte Frau Helbing. »Und bitte drehen Sie das Wasser wieder ab, wenn Sie fertig sind, sonst fluten Sie noch das ganze Haus.«

»Natürlich.« Herr Paulsen atmete einmal tief durch. »Ich glaube, ich kann das.«

»Das wird schon«, sprach ihm Frau Helbing Mut zu. »Wir haben alle mal angefangen.«

Dann überließ sie ihn seinem Schicksal. Sie hatte nicht vor, die Hausarbeit für ihren Nachbarn zu übernehmen. Da hätte sie auch viel zu tun gehabt. In dieser Wohnung gab es einen Putzstau. Für so etwas hatte Frau Helbing ein Auge. Den Staub der letzten Monate wegzusaugen wäre schon sehr zeitaufwendig gewesen, aber den antiken Schmutzfilm in Bad und Küche mit haushaltsüblichen Reinigungsmitteln zu entfernen schien ihr eine Herkulesaufgabe zu sein.

Eine Viertelstunde später stand sie in Herrn Aydins Änderungsschneiderei.

»Ich habe Ihnen etwas mitgebracht«, sagte Frau Helbing zur Begrüßung und überreichte ihm die Amaryllis.

Sofort sprang Herr Aydin auf und kam schnellen Schrittes hinter seinem Arbeitsplatz hervor, um das Geschenk in Empfang zu nehmen.

»Wie hübsch«, rief er überschwänglich. »Das ist aber lieb von Ihnen. Setzen Sie sich bitte.«

Obwohl er die Blume in einer Hand hielt, half er mit der anderen Frau Helbing gekonnt aus dem Mantel. Herr Aydin war einfach ein Kavalier der alten Schule. Frau Helbing bedauerte oft, dass so viele Manieren mit den Jahren in der Gesellschaft verloren gegangen waren. Alleine wie sich die Leute heutzutage an Haltestellen in den Bus drängelten, ohne auf die Idee zu kommen, einer alten Frau den Vortritt zu lassen, fand sie empörend. Herr Aydin dagegen wusste sich nicht nur zu benehmen, er pflegte auch einen seriösen Kleidungsstil. Heute trug er zum Beispiel einen Seidenbinder, den er mit einer silbernen Krawattennadel am Hemd fixiert hatte. So etwas mochte Frau Helbing. Stets band er den Schlips mit einem breiten, akkurat gleichmäßigen Knoten. Ein doppelter Windsor sei das, hatte er ihr mal verraten. Ähnlich wie beim Segeln schien es auf dem Gebiet der Herrengarderobe eine große Bandbreite an Knüpftechniken zu geben, die leider nach und nach in Vergessenheit gerieten. Welcher Mann trug heute noch Krawatte? Oder einen Hut?

Nachdem Herr Aydin die Blume in eine Vase gestellt und Frau Helbing einen leicht gesüßten Tee gebracht hatte, setzte er sich wieder hinter seine Nähmaschine. Frau Helbing fand das nicht unhöflich. Sie wusste, dass der Schneider aufmerksam zuhören konnte, auch wenn er seiner Arbeit nachging.

»Ich mache heute Nachmittag einen Ausflug«, begann sie zu erzählen. »Mit Fiete und dem lustigen Pitt.«

Herr Aydin fummelte eine Spule mit blauem Garn in die Maschine.

»Dem lustigen Pitt?«, wiederholte er fragend.

»Pitt war ein Freund von Hermann«, erklärte Frau Helbing. »Genau wie Fiete. Die sind immer zu dritt angeln gegangen. Meistens haben sie Zander gefangen und danach meine Küche ruiniert.«

Frau Helbing musste lächeln und nippte an ihrem Tee.

»Wir gehen natürlich nicht angeln«, stellte sie klar. »Ich würde ja irgendwo eine schöne Tasse Kaffee trinken, aber Pitt will unbedingt an den Hafen. Den Kapitän auslüften, wie er das nennt. Der sitzt immer nur im Heim rum, hat er gesagt.«

»Gibt es etwas Neues aus dem Heim?«, fragte Herr Aydin interessiert.

»Ha!« Frau Helbing lachte laut auf. »Raten Sie mal, wer die Ermittlungen im Fall der toten Betreuerin führt.«

»Ich ahne es.« Herr Aydin sah von seiner Arbeit auf. »Frau Schneider?«

»Genau. Und der Borken ist auch wieder dabei«, rief Frau Helbing aufgekratzt.

»Und wie beurteilt die Kommissarin den Fenstersturz?«

»Madame Superschlau geht von einem Selbstmord aus«, sagte Frau Helbing.

Sie machte keinen Hehl daraus, dass sie Frau Schneider für eine arrogante Ziege hielt.

»Ich vermute, dass Sie diese Ansicht nicht teilen«, sagte Herr Aydin schmunzelnd.

»Natürlich nicht. Es gibt gar keinen Abschiedsbrief. Und im Gegensatz zu Frau Schneider habe ich Frau Fischer persönlich kennengelernt, und meine Menschenkenntnis sagt mir, dass diese Frau nicht einmal ansatzweise daran dachte, ihrem Leben ein Ende zu setzen. Jemand hat sie in die Tiefe gestoßen. Und ich habe diesen Herrn Geiger im Verdacht.«

Herr Aydin legte die Stirn in Falten.

»Erwähnten Sie nicht, Herr Geiger sei auf einen Rollator angewiesen?«

»Eben nicht. Der kann schneller laufen als eine Katze, deren Schwanz brennt.« Sie setzte einen verschwörerischen Blick auf. »Ich bin ihm gefolgt. Der Mann ist ein Schwindler. Und außerdem hat er sich in seinem Zimmer nur provisorisch eingerichtet. Das ist mir alles nicht geheuer.«

»Ich sehe schon«, sagte Herr Aydin anerkennend. »Ihre Ermittlungen kommen voran.«

»Na ja. Nach wie vor fehlt das Motiv.« Frau Helbing

seufzte. »Und nicht nur das. Es gibt noch so viele Ungereimtheiten.«

»Bei einer Sache kann ich Ihnen vielleicht weiterhelfen. Ich habe einen Freund angerufen, der sich mit tropischen Tieren auskennt. Der ist Biologe, und wenn Sie mich fragen, weiß er fast alles über Pfeilgiftfrösche.«

Herr Aydin schob den Saum eines Hosenbeins unter der ratternden Nähmaschine hindurch, ehe er weiterredete.

»Wussten Sie, dass Pfeilgiftfrösche in Gefangenschaft nicht giftig sind?«

Frau Helbing schüttelte den Kopf.

»Nicht giftig?«, fragte sie verwundert.

»Eigentlich heißen sie auch Baumsteigerfrösche. Und das Gift nehmen sie mit ihren Beutetieren auf. Durch den Konsum von Milben gelangen hochtoxische Stoffe in den Körper. Und mit der Aufnahme von Ameisen und Käfern kommt weiteres Gift hinzu. Im Terrarium finden die natürlich kein solches Futter, deshalb besteht auch keine Gefahr für die Heimbewohner.«

Amüsiert fügte er hinzu: »Selbst wenn jemand eines der Tiere essen sollte.«

Frau Helbing wiegte ihren Kopf hin und her.

»Trotzdem ist es komisch, wenn eine Frau, die grundsätzlich etwas gegen Tiere hat, ausgerechnet diese exotischen Frösche hält. Kennen Sie jemanden, der Baumsteigerfrösche im Wohnzimmer hält?«

Herr Aydin schüttelte den Kopf.

»Ich auch nicht«, sagte Frau Helbing. »Das Hobby ist so seltsam wie Frau Kramny selbst. Ich glaube, im Leben dieser Dame ist etwas richtig in Schieflage geraten. Die Frau war gestern völlig geistesabwesend.«

»Wer weiß, was nachmittags passiert ist. Vielleicht war sie abgelenkt, hatte sich über etwas geärgert oder war einfach in Gedanken. Es gibt Tage, da bin ich auch nicht immer bei der Sache.«

»Apropos nicht bei der Sache«, sagte Frau Helbing. »Haben Sie manchmal den Eindruck, ich wäre verwirrt, oder vergesslich?«

Herr Aydin sah sie erstaunt an.

»Wie kommen Sie denn darauf?«

»Na ja, ich bin ja nicht mehr die Jüngste, da vergisst man schon mal was. Meine Freundin Heide sagt immer, ich müsse Ginkgo-Präparate nehmen oder Rosenwurz-Tee trinken. Aber ich halte das für Geldschneiderei.«

Sie blickte Herrn Aydin fest in die Augen.

»Sie würden es mir doch ehrlich sagen, wenn Sie Anzeichen von Demenz bei mir erkennen?«

»Frau Helbing!«

Herr Aydin brauchte einen Augenblick, um sich zu sortieren und die richtigen Worte zu finden.

»Ich bin immer wieder beeindruckt, wie rüstig Sie sind. Ihre körperliche und geistige Verfassung ist bemerkenswert. In Ihrem Alter mit einer solchen Energie gesegnet zu sein ist ein Geschenk.«

»Das haben Sie aber schön gesagt.« Frau Helbing war etwas verlegen.

»Das habe ich genauso gemeint«, sagte Herr Aydin ernst.

»Würden Sie mir vielleicht sogar zutrauen, die Betreuung für meinen Freund Fiete zu übernehmen?«, fragte Frau Helbing. »Ich denke darüber nach. Jetzt, wo Frau Fischer tot ist, muss das ja jemand machen.«

»Warum nicht?« Herr Aydin überlegte kurz. »Am besten setzen Sie sich mit dem Amtsgericht in Verbindung und fragen nach, wie umfangreich eine Betreuung ist. Vielleicht ist das gar nicht so aufwendig.«

»Herr Aydin.« Frau Helbing strahlte. »Sie haben immer so gute Ratschläge. Ich werde mal beim Amtsgericht anrufen. Jetzt koche ich mir aber schnell eine Kartoffelsuppe, bevor ich zu meiner Verabredung gehe«, sagte sie. »Bei den Temperaturen wärmt eine Suppe von innen.«

»Machen Sie das«, sagte Herr Aydin und begleitete Frau Helbing zur Tür. »Guten Appetit und viel Spaß heute Nachmittag.«

8

Frau Helbing war schon eine ganze Weile vor dem Eingang des Heims auf und ab gegangen, als der lustige Pitt pünktlich um die Ecke gebogen kam. Er hatte sich kaum verändert. Seine gemütliche Figur war vielleicht etwas runder geworden, aber er wirkte keinesfalls alt oder gar gebrechlich. Wie eh und je quollen seine Koteletten wild unter der schwarzen Rollmütze hervor, ohne die ihn Frau Helbing noch nie gesehen hatte. Wahrscheinlich war sie mit den Jahren auf seinem Kopf festgewachsen.

»Franziska!«, rief Pitt und breitete seine Arme aus.

Erst hatte sie ein bisschen Angst, umarmt zu werden, aber zu Frau Helbings großer Überraschung roch Pitt angenehm nach Seife. Früher war das anders gewesen. Als Sielmeister bei der Hamburger Stadtentwässerung war er täglich in der Kanalisation unterwegs gewesen und hatte immer ein wenig nach Fäkalien gemüffelt. Dieser Geruch hatte sich damals hartnäckig in den Poren seiner Haut festgesetzt und konnte weder abgewaschen noch übertüncht werden.

Einmal hatte er seine Freunde mitgenommen, um ihnen die verborgene Welt mit all ihren Schächten, Rückhaltebecken und Absperreinrichtungen zu zeigen, die teilweise noch in der Mitte des neunzehnten Jahrhunderts entstanden waren.

Hermann war begeistert gewesen.

»Richtige Kanäle gibt es da unten, auf denen man mit dem Boot fahren kann«, hatte er tief beeindruckt geschwärmt. Dass er einen Geruch in den Klamotten hatte, der die Zimmerpflanzen welken ließ, hatte er gar nicht bemerkt. Zweimal musste Frau Helbing seine Jacke mit einer doppelten Dosis Persil waschen.

Das war lange her. Pitt war bestimmt schon seit zehn Jahren in Pension.

Sie fanden Fiete in seinem Zimmer. Frau Helbing betrachtete ihn besorgt, aber er machte nicht den Eindruck, als wirkte der Alkoholkonsum des Vortags noch nach. Als Pitt auf ihn zuging, hielt Frau Helbing vor Spannung die Luft an. Sie rechnete mit einem herzzerreißenden Moment des Wiedersehens, einer innigen Umarmung und vielleicht sogar ein paar Tränen der Rührung. Schließlich hatten die Freunde jahrelang keinen Kontakt gehabt.

Aber Pitt klopfte dem Käpten nur mit der flachen Hand auf den Rücken und sagte: »Moin.«

Fiete blickte kurz auf.

»Tach«, war alles, was ihm über die Lippen kam.

Damit war die Begrüßung erledigt. Frau Helbing schüttelte den Kopf. Hermann hätte in dieser Situation wahrscheinlich auch nicht mehr Emotionen gezeigt. Warum auch? Es war ja alles gesagt.

Männer, dachte sie.

»Dann mal los«, rief Pitt und legte seine Hände um die Griffe des Rollstuhls.

Frau Helbing hielt ihn zurück und zog Fiete noch schnell eine Winterjacke, Schal und Mütze über. In dem dünnen Trainingsanzug würde er binnen einer halben

Stunde erfroren sein. Pitt hatte das natürlich nicht bemerkt.

Männer, dachte Frau Helbing erneut.

Als sie das Haus Buchenhain verlassen wollten, versperrte ihnen Frau Kramny den Weg. Nicht absichtlich, aber sie stand mitten im Eingangsbereich und redete mit Herrn Geiger.

Die glucken ja schon wieder zusammen, dachte Frau Helbing. In welcher Beziehung die Heimleiterin und dieser seltsame Bewohner wohl zueinander stehen?, fragte sie sich. Hatten die beiden vielleicht ein intimes Verhältnis? Diese Möglichkeit hatte sie bislang noch gar nicht in Betracht gezogen.

Frau Kramny erschrak, als sie Frau Helbing mit Pitt und Fiete erblickte. Wie eine Diebin, die sich auf frischer Tat ertappt fühlte. Frau Helbing konnte das an ihren Augen sehen. Herr Geiger dagegen funkelte Frau Helbing böse an. Er hatte einen kalten, erbarmungslosen Blick, der Furcht einflößend war.

Der lustige Pitt, der weder die Heimleiterin noch Herrn Geiger kannte, rief scherzhaft: »Hup, hup. Wir müssen da mal vorbei.« Mit einem breiten Grinsen im Gesicht zirkelte er den Rollstuhl zwischen Geiger und Kramny hindurch.

»Wo wollen Sie denn mit Herrn Jacobsen hin?«, zischte die Heimleiterin kühl, als Frau Helbing an ihr vorbeiging.

Das geht dich gar nichts an, dachte Frau Helbing und erinnerte sich an Anitas Worte.

»Das hier ist ein Heim, kein Gefängnis«, sagte sie.

Mit Pitt an ihrer Seite fühlte sich Frau Helbing sicher genug, dieser Frau Paroli zu bieten.

Frau Kramny wirkte irgendwie beunruhigt. Frau Helbing glaubte sogar, Angst in ihrem Blick zu entdecken.

»Sie sind nicht die Betreuerin von Herrn Jacobsen«, sagte die Heimleiterin. Dabei machte sie einen nervösen Eindruck. Es schien ihr überhaupt nicht zu passen, dass Fiete mit seinen Freunden einen Ausflug machte.

»Wer weiß?«, antwortete Frau Helbing gelassen. »Vielleicht habe ich mich beim Amtsgericht schon um die Vormundschaft gekümmert.«

Frau Kramny bekam ganz große Augen. Die Idee, Frau Helbing könnte sich in Zukunft um Fiete kümmern, schien sie zu erschrecken.

»Sie werden sich noch wundern«, legte Frau Helbing keck nach. »Nächste Woche werden für Herrn Jacobsen bessere Zeiten anbrechen. Ich werde ihn nämlich unter meine Fittiche nehmen.«

Und um Frau Kramny zusätzlich zu verunsichern, fügte sie noch hinzu: »Vielleicht zieht Herr Jacobsen in ein anderes Heim. Leisten kann er sich das.«

Ob er sich das wirklich leisten konnte, wusste sie nicht, aber das waren die Worte von Frau Fischer gewesen.

Dann ließ sie Frau Kramny stehen und verließ in Pitts Kielwasser das Haus Buchenhain.

»Wer war das denn?«, fragte Pitt, als sie zur nächsten Bushaltestelle gingen.

»Die Heimleiterin persönlich«, sagte Frau Helbing.

»Und warum will sie nicht, dass wir mit Fiete spazieren gehen?«

»Das weiß ich nicht«, antwortete Frau Helbing nachdenklich. »Aber sie hat ein Problem. Davon bin ich überzeugt. Ein ernstes Problem.«

Dann fuhren sie schweigend mit öffentlichen Verkehrsmitteln zum Hafen.

Nachdem sie am Baumwall aus der U-Bahn ausgestiegen waren, pfiff Frau Helbing, Pitt und Fiete ein kalter Wind um die Nasen.

»Pustig«, sagte Pitt und zog einen großen Flachmann aus der Innentasche seiner Jacke.

»Korn«, sagte Fiete sofort, grinste und nahm einen ordentlichen Schluck.

Frau Helbing lehnte dankend ab, als Pitt ihr die Flasche reichen wollte. Am helllichten Tage und dazu auf offener Straße Alkohol trinken? So weit kommt es noch, dachte sie.

»Was machen wir denn jetzt Schönes?«, fragte sie unternehmungslustig.

»Schiffe gucken«, sagte Pitt.

»Schiffe gucken? Ist das nicht ein bisschen langweilig?«

Frau Helbing hätte gerne über alte Zeiten gesprochen. Geklönt, wie der Hamburger sagte. Aber die beiden Männer waren auf der Fahrt hierher schon mundfaul gewesen, und falls eine große Wiedersehensfreude in ihrem Innersten tobte, ließen sie es sich jedenfalls nicht anmerken.

»Langweilig?« Pitt zog die Stirn in Falten. »Guck dir mal dieses Prachtstück an!«

Er zeigte auf die Cap San Diego, ein Museumsschiff, das an der Überseebrücke ihren Liegeplatz hatte.

»Diesen Frachter und seine fünf Schwesterschiffe nannte man die weißen Schwäne des Südatlantiks. Für Hamburg Süd im Liniendienst eingesetzt. Kaffee, Fleisch, Obst, alles Mögliche haben die von Südamerika nach

Hamburg gebracht. Aus Buenos Aires, Santos, Montevideo, Rio de Janeiro. Als junger Mann war unser Fiete mit einem dieser Schiffe noch auf Fahrt. Was, Käpten?«

Pitt schlug seinem Freund mit der Hand auf die Schulter.

»Rio«, murmelte Fiete verträumt. »Da ist jetzt Sommer.«

Hinter seinem seligen Lächeln verbargen sich offensichtlich die wunderbarsten Erinnerungen an alte Zeiten. An Jugend, Tatendrang und das Gefühl, ewig leben zu können. Frau Helbing entdeckte eine Träne, die sich ihren Weg über seine Wange bahnte.

»Nimm noch einen Schluck«, sagte Pitt schnell.

Gegen Tränen müssen Männer immer gleich was machen, dachte sie kopfschüttelnd. Hermann konnte auch nie Gefühle zulassen.

Langsam schob Pitt den Rollstuhl weiter, vorbei an der Rickmer Rickmers, einem antiken Segler, in Richtung Landungsbrücken. Die Schiffe waren schön anzusehen, das wollte Frau Helbing gar nicht in Abrede stellen. Aber es war kalt und ungemütlich. Den Männern schien das nichts auszumachen. Immer wieder blieb Pitt stehen und beugte sich zu Fiete hinunter, und dann zeigte einer der beiden auf ein Containerschiff oder einfach nur in das Gewimmel der Ladekräne, Docks und Musicaltheater, die die Silhouette des Hamburger Hafens prägten. Von Zeit zu Zeit öffneten sie ganz selbstverständlich den Flachmann.

Das schien ihnen zu genügen. Mehr noch. Sie waren auf eine einfache Art und Weise in einem glücklichen Zustand, der sie vollauf befriedigte. Und das ohne viel

Worte. Ein bisschen Wasser, ein paar Schiffe, eine Handvoll Möwen. Es bedurfte nicht viel, um mit dem Moment im Reinen zu sein. Das wusste Frau Helbing schon lange. Nur waren die Männer mit ganz anderen Dingen zufrieden als sie selbst.

»Wollen wir vielleicht zum Holstenwall hochgehen und das Museum für Hamburgische Geschichte besuchen?«, versuchte sie, eine andere Lokalität ins Spiel zu bringen. Geheizte Räume, ein Café mit Kuchenauswahl, all das kam ihr verlockend vor.

Pitt schüttelte den Kopf.

»Jetzt essen wir erst mal ein Fischbrötchen«, sagte er gut gelaunt.

»Hier?«, fragte Frau Helbing mit weit aufgerissenen Augen.

»Warum nicht? Ist doch grade so gemütlich«, antwortete er und schob den Rollstuhl zielstrebig an Souvenirständen und einem Fahrkartenschalter für Hafenrundfahrten vorbei zu einem Imbiss.

Fischbrötchen im Freien essen. Bei sechs Grad an den Landungsbrücken.

»Das machen eigentlich nur Touristen«, stöhnte Frau Helbing leise vor sich hin, ließ sich dann aber auf eine Schrippe mit saurem Hering und Zwiebeln einladen.

Pitt und Fiete tranken dazu Lütt und Lütt. Das war ein kleines Bier und ein Schnaps. Also das Standardgedeck für echte Norddeutsche, wie die Männer es auch früher schon beim Kochen bevorzugt hatten.

Frau Helbing nahm einen Tee mit Schuss. Den brauchte sie jetzt, um ihre Körperfunktionen weiterhin stabil zu halten. Nicht nur die Kälte, auch dass es so früh dämmerte, legte sich schwer auf ihr Gemüt. Der Januar war ein unsympathischer Geselle. Die kurzen Tage zwangen einen in die Knie. Nicht umsonst hielten viele Tiere Winterschlaf.

»Ganz schön duster«, sagte Frau Helbing in die Runde.

»Super, was?«, rief Pitt begeistert. »Jetzt wird gleich der ganze Hafen beleuchtet. Gratis. Eine atemberaubende …«

Er versuchte Illumination zu sagen, aber er hatte schon eine schwere Zunge und brauchte zwei Anläufe, um dieses komplizierte Wort halbwegs verständlich auszusprechen.

»Wollen wir uns nicht irgendwo reinsetzen?« Frau Helbing startete einen letzten Versuch, endlich eine Gaststätte aufzusuchen.

»Ob der Silbersack schon aufhat?«, fragte Pitt und legte die Stirn in Falten.

»Silbersack!«, rief Fiete begeistert.

Seinem Grinsen nach zu urteilen, hatte er so einige Erinnerungen an diese alteingesessene Hamburger Kneipe in der Nähe der Reeperbahn.

»Na, dann geht ihr mal«, sagte Frau Helbing.

Sie merkte, dass sie auf verlorenem Posten stand. Die Jungs wollten einen trinken gehen. So wie früher. Frauen störten da nur. Mit ihrer Papierserviette wischte sie noch ein paar Krümel und fettige Fischreste weg, die Fiete beim Essen großzügig auf seiner Jacke verteilt hatte. Dann verabschiedete sie sich.

Obwohl sich Frau Helbing den Ausflug anders vorgestellt hatte, war sie guter Stimmung, als sie mit Bus und Bahn nach Hause fuhr. Immerhin hatte sie die beiden wieder vereint. Sollten sie doch im Silbersack glücklich sein. Oder wo auch immer.

Frau Helbing selbst wollte sich in ihren gemütlichen Ohrensessel setzen – am liebsten mit einer Wärmflasche – und in Ruhe lesen. Das war ihr großer Wunsch für den Nachmittag, den sie, zu Hause angekommen, direkt in die Tat umsetzte. Zu ihrer großen Freude fand sie noch ein bisschen Weihnachtsgebäck, das hart im Biss, aber immer noch schmackhaft war.

Als sie ihr Buch an der markierten Stelle aufschlug, fand Frau Helbing sofort wieder in die Geschichte hinein. Inspektor Murphy ermittelte auf einer Galopprennbahn, wo ein Jockey tot in einer Futterkiste gefunden worden war.

Frau Helbing liebte vor allem das Ambiente dieser Krimis. Die Inspektor-Murphy-Reihe spielte in den sechziger Jahren des letzten Jahrhunderts. Also zu einer Zeit, die viele als die »gute alte« bezeichneten. Mal abgesehen davon, dass ständig und überall Zigaretten, Zigarren und Pfeifen geraucht wurden, plätscherte das Leben insgesamt ruhiger und bedächtiger vor sich hin. Der Inspektor informierte sich zum Beispiel gerne, indem er eine Tageszeitung las. Es erklärt sich von selbst, dass es sich dabei immer um Artikel mit Neuheiten des Vortags handelte. Damals schien das den Leuten aktuell zu sein. Nicht wie heutzutage, wo so eine Schlagzeile nach einer Stunde bereits als veraltet empfunden wurde. Aber damals gab es auch noch keine Handys und insbesondere kein Internet – nach Frau Helbings Meinung das größte Übel, welches je über die Menschheit gekommen war. Die zehn Plagen oder die Pest waren dagegen Lappalien.

Die Jockeys stellten sich bei der Befragung als eine eingeschworene Gemeinschaft heraus, die nur widerwillig das Nötigste preisgeben wollte. Wortkarg wie Pitt und Fiete, dachte Frau Helbing beim Lesen. Nur waren die Reiter natürlich viel kleiner und leichter als die alten Angelfreunde.

Während der zähen Vernehmung wurde ein weiterer toter Jockey gefunden. Er lag hinter den Boxen, notdürftig mit etwas Heu getarnt. Er war aber nicht erschlagen, sondern erstochen worden, was direkt die Frage nach zwei unterschiedlichen Mördern aufwarf.

Frau Helbing erkannte noch eine ganz andere Ungereimtheit. Zwölf Pferde sollten an den Start gehen, aber es gab elf lebende und zwei tote Jockeys. Das passte nicht zusammen.

»Ja!«, rief sie laut, als Inspektor Murphy auf der nächsten Buchseite genau dieses Ungleichgewicht bemerkte.

Krimilesen hieß für Frau Helbing immer auch mitzuraten, verbunden mit dem Ehrgeiz, noch vor dem Ermittler alle Hinweise zu erkennen, die dann in der Summe zur Aufklärung des jeweiligen Falls führten. Jede Kleinigkeit konnte wichtig sein. Man durfte nichts übersehen.

Angespannt kaute Frau Helbing auf einer mumifizierten Kokosmakrone herum.

Manchmal ergibt sich eins aus dem andern, dachte sie. Wie bei einem Kreuzworträtsel, wo man einem Wort in der Waagerechten oft erst auf die Schliche kommt, nachdem eines in der Senkrechten gefunden ist. In Gedanken ging Frau Helbing noch einmal alle Merkwürdigkeiten der letzten Tage durch. Alles hing irgendwie zusammen, davon war sie überzeugt. Der Sturz Frau Fischers, ihr letztes Wort, der Notizzettel, die Pfeilgiftfrösche, Frau Kramnys sonderbares Benehmen, die Schauspielerei Herrn Geigers. Und irgendwie musste Fiete eine Schlüsselrolle innehaben.

Vielleicht sollte sie mal mit ihm reden. Auch wenn der Käpten als Gesprächspartner keine herausragenden Qualitäten aufwies, könnte sie ihm vielleicht doch eine wichtige Information entlocken. Im Prinzip waren ja alle Erinnerungen noch da. Davon war Frau Helbing überzeugt. Auch bei demenziell Erkrankten. Man musste sie nur finden. So wie man nach Ostern zufällig über ein Ei stolperte, das beim Suchen übersehen worden war.

Auf Ostern freute sich Frau Helbing. Nicht wegen der Suche nach Nestern, sondern weil dann der Frühling anfing. Je älter sie wurde, desto ungeduldiger erwartete sie die ersten warmen Tage des Jahres, wenn die Bäume ausschlugen und die Blumen um die schönsten Blüten wetteiferten. Im nächsten Leben wäre Frau Helbing gerne ein Vogel, überlegte sie. Ein Zugvogel. Dann könnte sie den Sommer in ihrer geliebten Hansestadt verbringen und im Herbst nach Afrika fliegen oder irgendwohin, wo die Sonne schien. Das wäre was.

Für heute hatte sie aber nur noch den Wunsch, ins Bett zu gehen.

9

Unschlüssig betrachtete Frau Helbing die Gardine, die sie eben zum Trocknen über eine Leine ihres Wäscheständers gelegt hatte. Das Kräuselband begann sich an der Unterkante deutlich aufzuribbeln, und von den Schlaufen für die Gardinenröllchen war zum wiederholten Mal eines gerissen. Vielleicht war es an der Zeit, neue Vorhänge zu kaufen. Wenigstens für das Küchenfenster. Schließlich waren die Dinger schon vierzig Jahre alt. Mindestens.

Frau Helbing erinnerte sich noch, wie sie im Alsterhaus gestanden und zwischen der Tüllvariante in Baumwolle und der etwas teureren Musselinausführung mit angeketteltem Bleiband geschwankt hatte. Damals hatte das alteingesessene Warenhaus am Jungfernstieg noch ein Sortiment für ganz normale Menschen gehabt. Als Frau Helbing das letzte Mal dort gewesen war, um eine Strickjacke zu kaufen, hatte ihr eine überschminkte Verkäuferin erklärt, Cardigans mit Zip oder Buttons finde sie nach Brands sortiert bei Ladies Wear. Frau Helbing war daraufhin wieder nach Hause gegangen.

»Cardigans nach Brands sortiert«, hatte sie auf dem Rückweg geschimpft. »Was soll das denn sein? Ich wollte eine einfache Strickjacke haben, die über die Hüfte geht. In Grau oder Beige. Ist das zu viel verlangt?«

Gerade wollte sie die Fensterrahmen abwischen, als

es an ihrer Wohnungstür klingelte. Frau Helbing hatte schon so eine Ahnung, wer das sein könnte, und war nicht überrascht, Herrn Paulsen zu sehen.

»Hat das mit dem Waschen geklappt?«, fragte sie zur Begrüßung.

»Ja, ich habe sogar gebügelt«, antwortete Herr Paulsen nicht ohne Stolz.

Zum Beweis öffnete er seine Jacke.

»Oh!«

Frau Helbing konnte ihr Entsetzen kaum verbergen. Sein Hemd sah aus, als hätte man es vakuumiert, eingefroren und anschließend mit einem Fleischklopfer bearbeitet.

»Na ja, ich kann das bestimmt noch besser. Also mit der Zeit.«

Herrn Paulsen war nicht entgangen, dass Frau Helbing seine Bügelkünste für stümperhaft hielt.

»Ich bin eigentlich wegen etwas anderem gekommen«, sagte er und zog den Reißverschluss seiner Jacke wieder zu.

»Heute Morgen war ich bereits bei meiner Frau im Haus Buchenhain. Wissen Sie, dass ihr Freund vermisst wird?«

Frau Helbing verstand nicht recht.

»Vermisst? Wie meinen Sie das?«

»Er ist weg. Der Kapitän. Von einem Ausflug gestern Nachmittag ist er nicht wieder zurückgekehrt.«

Frau Helbing fiel für einen kurzen Augenblick in eine Schockstarre.

»Und Pitt?«, fragte sie beunruhigt.

»Wer ist Pitt?«

Herr Paulsen konnte natürlich über die näheren Umstände des gestrigen Ausflugs nicht Bescheid wissen.

»Ein Freund, der auf Fiete hätte aufpassen sollen«, erklärte sie. »Ich werde ihn gleich anrufen. Vielen Dank, Herr Paulsen.«

Frau Helbings Hand zitterte, als sie Pitts Nummer wählte. Was haben die Männer bloß angestellt?, fragte sie sich. Wer wusste, in welch üble Etablissements die beiden sich verirrt hatten. Die Reeperbahn mit ihren Seitenstraßen war ein einziger Sündenpfuhl, um den anständige Bürger einen weiten Bogen machen sollten. An jeder Ecke lauerte der moralische und finanzielle Abgrund. Davon hatte Frau Helbing oft genug gehört. Sie hätte nicht zulassen dürfen, dass Pitt den armen Fiete einer solchen Gefahr aussetzte.

Endlich hörte sie ein schwaches »Schröter« am anderen Ende der Leitung.

»Pitt!«, rief Frau Helbing. »Wo ist Fiete?«

»Das wüsste ich auch gerne«, nuschelte Pitt schwach.

Er hatte zu wenig geschlafen. Das konnte Frau Helbing an seiner Stimme erkennen. Und einen Kater hatte er obendrein.

»Was ist denn passiert?«

»Ich war auf dem Klo, und als ich wieder zurückkam, war er weg.«

»Wie weg? Er wird sich wohl kaum in Luft aufgelöst haben.«

Frau Helbing war aufgebracht. Auch weil Pitt sie nicht sofort informiert hatte. Und jetzt musste sie ihm alles aus der Nase ziehen.

»Hast du die Polizei eingeschaltet?«, fragte sie.

»Ja, ja«, brummelte Pitt müde.

»Du hast denen hoffentlich gesagt, dass er eine rote Jacke anhatte. Das ist wichtig!«

»Die Jacke hab ich hier. Die hat er gar nicht angezogen.«

»Bei den Temperaturen?«

Frau Helbing stöhnte entsetzt auf.

»Vielleicht wollte der noch irgendwo in Ruhe ein Bier trinken«, faselte Pitt. »Fiete kennt St. Pauli wie seine Westentasche.«

Frau Helbing hätte Pitt jetzt gerne die Ohren lang gezogen. In Ruhe ein Bier trinken. So ein Quatsch, dachte sie. Fiete war alleine völlig hilflos. Pitt schien das noch nicht ganz begriffen zu haben. Dieses Telefonat war reine Zeitverschwendung.

»Wenn die Polizei sich bei dir meldet, rufst du mich sofort an. Hast du verstanden?«, sagte sie streng und legte auf.

Eine ganze Weile stand sie wie betäubt neben dem Telefon. Was sollte sie jetzt bloß machen? Eigentlich konnte sie nur warten und hoffen. Aber als erfahrene Leserin unzähliger Kriminalromane drängten sich ihr verschiedene Fragen auf. Warum war Fiete verschwunden? Und wer hatte ein Interesse daran, ihn aus dem Verkehr zu ziehen?

Dass er alleine auf die Idee gekommen war, die Lokalität zu wechseln, kam für Frau Helbing nicht in Betracht. Dazu wäre er gar nicht in der Lage gewesen. Fiete war entführt worden, davon war sie überzeugt. Irgendein Geheimnis schien sich um den Kapitän zu ranken.

Wieso hatte Frau Fischer für Fiete unbedingt ein anderes Heim suchen wollen? War er in Gefahr gewesen? Hatte sie ihn vor irgendetwas in Sicherheit bringen wollen? Vor Frau Kramny vielleicht? Möglich wäre es. Die hatte schließlich mehr als seltsam reagiert, als Frau Helbing den Namen Jacobsen erwähnt hatte.

Eventuell war es auch so, dass Fiete Informationen besaß, die für andere gefährlich werden könnten. Hatte der Käpten vielleicht jemanden erpresst? Das war für Frau Helbing schwer vorstellbar.

Oder aber er besaß etwas sehr Wertvolles. Womöglich ohne es zu wissen. So wie damals der Fagottist. Der hatte einen Lottoschein mit sechs Richtigen in seinem Instrumentenkoffer gehabt. Der war immerhin acht Millionen wert gewesen.

Frau Helbing ging noch mal die Habseligkeiten durch, die sie in Fietes Regal gesehen hatte. Das olle Akkordeon war bestimmt nichts wert. Und diesen gammeligen Schrumpfkopf wollte man nicht mal geschenkt haben. Oder besaß der magische Kräfte?

Sie hatte mal einen Krimi gelesen, in dem ein Medizinmann mithilfe einer Voodoo-Puppe einen Mörder fernsteuern konnte. Das war ihr aber damals schon albern vorgekommen. Nach kurzem Überlegen verwarf sie den Gedanken und nahm ihre Putzarbeiten wieder auf.

Lustlos fuhr sie mit dem feuchten Wischlappen über einen Flügel des Küchenfensters. Normalerweise legte Frau Helbing großen Wert darauf, die Rahmen zu reinigen, sonst setzte sich ein fettiger Film auf den Kunststoff fest, der einen Gelbstich verursachte. Besonders wenn regelmäßig gekocht wurde. Und dann hatte man den Salat. Plastik mit Gilb wurde nämlich nie wieder weiß.

Davon war Frau Helbing überzeugt. Auch wenn hin und wieder etwas anderes behauptet wurde.

Das war ihr aber jetzt egal. Sie war nicht bei der Sache. Was stimmte hier nicht?, fragte sie sich unentwegt. So viele Gedanken bewegten sich in ihrem Kopf hin und her, dass ihr ganz schwummrig wurde.

Und zwölf Uhr war es auch schon. Zeit, das Mittagessen zu kochen. Frau Helbing schnitt eine halbe Steckrübe und ein paar Kartoffeln klein. Die kochte sie in etwas Brühe und legte abschließend eine Scheibe Kassler obenauf.

Während sie am Herd stand, überlegte sie, ob Fiete vermögend sein könnte. Vielleicht hatte er seine Heuer immer clever angelegt. Zum Beispiel in Aktien. Das würde auch erklären, warum sich Frau Fischer die Nummer eines Depots notiert hatte.

Ob die Männer beim Angeln über private Dinge geredet hatten?, fragte sie sich. Auch wenn die Herren eher schweigsam gewesen waren, hatten sie doch bestimmt das ein oder andere Wort gewechselt, wenn ihnen mal etwas auf der Seele lag. Jeder hatte doch hin und wieder kleinere oder größere Sorgen. Geld, Beziehung, Gesundheit. Und wem vertraute man sich an, wenn nicht den engsten Freunden? Und das waren sie gewesen. Richtige Freunde.

Bei den Gedanken an früher hatte Frau Helbing eine Idee.

Direkt nach dem Essen kramte sie in ihrem Kleiderschrank. Da gab es noch ein Fach mit Dingen von Hermann, die sie aufbewahrt hatte. Sachen, an denen sein Herz gehangen hatte und die sie damals kurz nach seinem Tod einfach nicht hatte weggeben können. Ein Tonbandgerät zum Beispiel, mit dem er Aufnahmen in der Natur gemacht hatte. Und Fischereiutensilien. Posen, Waggler und Blinker oder wie der ganze Angelkram hieß. Und ganz hinten lag ein Fotoalbum. Da waren nur Bilder von Ausflügen mit seinen Freunden drin. Das war Hermanns ganz persönliches Andenken an die Zeit mit Pitt und Fiete. Frau Helbing hatte noch nie einen Blick hineingeworfen. Es war irgendwie sakrosankt gewesen. Ein Vermächtnis, das sie bisher nicht hatte antasten wollen. Heute hatte sie das Gefühl, dieses Siegel brechen zu dürfen.

Mit einem Glas Saft setzte sich Frau Helbing in ihren gemütlichen Ohrensessel und schlug gespannt das dicke Buch auf.

Fast hätte sie vor Schreck ihr Getränk verschüttet. Wie jung Hermann auf dem ersten Foto aussah! Mit vollem dunklen Haar hielt er stolz einen riesigen Fisch in die Kamera. Neben ihm stand Pitt, eine Zigarette lässig im Mundwinkel. Fast noch jugendlich sahen die beiden aus. Das Bild musste in den Sechzigern entstanden sein. Langsam blätterte Frau Helbing weiter. Es war eine Zeitreise. Fiete in Schlaghosen, Hermann mit einem wild gemusterten Hemd in Braun und Orange. Die Siebziger waren ohne Frage bunt gewesen. Immer wieder musste Frau Helbing lächeln. Auf einem Foto konnte man Fietes Tattoo auf dem Unterarm erkennen. Popeye hatten sie ihn deswegen oft gerufen. Hermann hatte nie einen Spitznamen gehabt, und wo Pitt seinen herhatte, war ihr ein Rätsel. So lustig hatte sie ihn gar nicht in Erinnerung. Eher gemütlich und entspannt. Eigentlich viel zu entspannt, wenn man bedachte, wie er auf das Verschwinden von Fiete reagiert hatte.

Frau Helbing schwelgte in Erinnerungen. Es waren nicht einmal hundert Fotos in dem Album, aber die deckten mehrere Dekaden ab und reichten völlig, um ein halbes Leben vor dem inneren Auge vorbeiziehen zu lassen.

Heutzutage wurden Fotos im Akkord gemacht. Auch weil man gar keinen Fotoapparat mehr benötigte, sondern nur noch ein Telefon. Frau Helbing fand das bedauerlich. Die Beliebigkeit, mit der in jeder noch so unbedeutenden Situation geknipst wurde, war kaum noch zu steigern. Als Frau Helbings Neffe das letzte Mal bei ihr gewesen war, hatte er Fotos von seinem Koreaurlaub dabeigehabt.

Tausendvierhundertsiebenunddreißig Stück. Aber keine richtigen Fotos, die man gemütlich herumreichen konnte. Er hatte seinen Laptop dabeigehabt und schob Motiv für Motiv über den Bildschirm, bis Frau Helbing schwindlig wurde. Vier oder fünf Urlaubsbilder hätten völlig gereicht, aber diese Flut an Aufnahmen empfand sie als aufdringlich. Die jungen Leute kannten das nicht mehr anders. Jede Kleinigkeit wurde festgehalten, aber nachher guckte keiner richtig hin.

Als Frau Helbing die letzte Seite des Albums umschlagen wollte, fiel etwas zu Boden. Überrascht bückte sie sich und hob einen Hundertmarkschein auf.

So etwas hatte sie lange nicht in der Hand gehalten. Wie fremd dieses Geld aussah. Nicht dass Frau Helbing früher mit Hundertern nur so um sich geworfen hätte. Keineswegs. Aber damals hatte sie der Gestaltung von Papiergeld wenig Beachtung geschenkt, sondern es einfach benutzt. Und jetzt war der Schein im wahrsten Sinne aus einer anderen Zeit gefallen. Interessiert betrachtete sie den Aufdruck. Ein Frauenkopf war darauf zu sehen. Daran konnte sie sich nicht mehr erinnern. Frau Helbing wusste nicht, um welche Dame es sich handelte, aber sie musste mit Musik zu tun haben, denn auf der Rückseite war ein Flügel abgebildet. Diese alte Banknote verstärkte noch die Wirkung, die das Fotoalbum auf sie hatte. Der Eindruck, in die Vergangenheit zu reisen, war fast real.

Dass hundert Mark zwischen den Seiten klemmten, überraschte Frau Helbing nicht. Hermann hatte immer wieder Geldscheine versteckt. Nicht, um seiner Frau das gemeinsam Erwirtschaftete vorzuenthalten, sondern als eiserne Reserve für den Notfall.

Ob Fiete auch etwas in seinem Fotoalbum versteckt hielt?, fragte sich Frau Helbing. Möglich wäre es. Sie konnte jetzt aber auf keinen Fall ins Haus Buchenhain gehen, um nachzusehen. Man würde ihr bestimmt Vorwürfe machen. Warum sie nicht besser auf den Käpten aufgepasst habe. Und wieso der gestrige Ausflug überhaupt in einer Kneipe auf dem Kiez geendet habe. Dem Zorn Frau Kramnys wollte sie sich nicht aussetzen. Nein, im Heim aufzutauchen war keine gute Idee.

Sie klappte das Fotoalbum zu und ließ warmes Wasser in ihren Putzeimer laufen. Diese halb fertigen Fenster machten sie ganz nervös.

Während sie dem Schmutz zu Leibe rückte, schmiedete sie einen Plan, wie sie heute noch unbemerkt Fietes Zimmer durchsuchen könnte. Die Vorstellung, dort einen wichtigen Hinweis zu finden – auf was auch immer –, ließ ihr keine Ruhe.

Um achtzehn Uhr, wenn sich im Heim alle Bewohner zum Abendessen im Gemeinschaftsraum einfanden und die Pflege- und Betreuungskräfte abgelenkt wären, wollte sie sich ins Haus Buchenhain schleichen. Das könnte klappen.

Vorsichtshalber steckte Frau Helbing ein paar Utensilien, die für ihre Recherchen nützlich sein könnten, in ihre Handtasche: Eine Taschenlampe, ihre Lesebrille, ein Plastikbeutel, Handschuhe, Notizblock und Stift durften ebenso wenig fehlen wie ein kleines Taschenmesser. Als Krimileserin wusste Frau Helbing, dass eine gute Vorbereitung der Schlüssel zum Erfolg war.

Jetzt hieß es warten. Obwohl es draußen bereits dunkel war, zeigte die Uhr erst halb vier. Trügerisch war er, der Januar. Eigentlich ein Monat, auf den man gut verzichten könnte, fand Frau Helbing. Sie aß ein bisschen Obst und ließ den Fernseher laufen.

Endlich ging es auf sechs Uhr zu. Gerade, als sie aufbrechen wollte, fiel ihr der Hundertmarkschein wieder ins Auge. Ob man den noch getauscht kriegt?, fragte sie sich.

Hundert Mark waren immerhin fünfzig Euro. Ungefähr jedenfalls. Gut, dass Heide morgen kam. Die wusste das bestimmt.

10

Eine halbe Stunde stand Frau Helbing vor dem Eingang des Heims und wartete, bis Birte endlich den Weg frei machte. Durch die Glastür hatte sie den Empfangstresen im Blick gehabt und wollte eine Gelegenheit abpassen, um sich unbemerkt in den Wohnbereich schleichen zu können. Birte saß aber wie festgeschraubt auf ihrem Stuhl, und erst als Frau Helbing schon fast eingefroren war, stand die Angestellte auf und verließ ihren Platz.

Sofort betrat Frau Helbing das Haus Buchenhain, ging auf direktem Weg zu Fietes Bleibe und sah sich noch einmal um, bevor sie im Zimmer verschwand. Die Uhr zeigte Viertel nach sechs.

Im trostlosen Licht der Deckenlampe wirkte der Raum ungemütlich. Aber schön warm war es hier. Frau Helbing legte ihren Mantel ab und sah sich um.

Als Erstes bemerkte sie, dass der Schrumpfkopf fehlte. Mittig im Regal hatte er seinen Platz gehabt. Gestern war er ihr noch aufgefallen, da sie wegen ihrer Größe direkt auf Augenhöhe mit der gruseligen Trophäe stehen musste. Jetzt klaffte eine Lücke zwischen einem Bildband über Segelschiffe und einer leeren Rumflasche, die voller Wachstropfen war und früher als Kerzenständer gedient haben musste.

Ging es hier vielleicht doch um Übernatürliches? War

die Seele des Kopfbesitzers zurückgekehrt, um sich für erlittene Qualen zu rächen?

Frau Helbing glaubte nicht an solchen Hokuspokus. Irgendjemand hatte das Ding mitgenommen. Warum auch immer.

Sie öffnete Fietes Wandschrank. Einen kurzen Moment lang zögerte Frau Helbing. Einfach so in fremder Leute Sachen zu wühlen war eigentlich nicht ihre Art. Die Privatsphäre ihres Freundes musste jetzt aber zurückstehen, fand sie. Schließlich ging es darum, Antworten auf diverse Fragen zu finden. Letztlich war das auch im Sinne des Kapitäns.

Akribisch leerte sie Fach um Fach, besah alles, nahm Wäschestapel auseinander und fuhr mit der Handfläche an der Unterseite der Regalböden entlang, falls dort etwas angeklebt sein sollte. Eine geheime Notiz oder ein Hundertmarkschein zum Beispiel.

Frau Helbing stellte fest, dass Fiete mit Kleidung nicht gerade üppig ausgestattet war. Sie vermutete, dass das mit seinem Beruf zusammenhing. Ein Leben lang hatte er mit dem auskommen müssen, was in einen Seesack passte. Und was brauchte so ein Seemann auch? Ein paar Unterhosen, ein Wechselhemd – fertig. Ein Deck war schließlich kein Laufsteg. Und zwischen den Äußeren Hebriden und Kap Hoorn konnte man nicht groß shoppen gehen.

In der Schublade des Nachttischs lagen ein paar Kartenspiele. Ein Skat- und ein Doppelkopfblatt, aber auch zwei exotische Varianten mit chinesischen Schriftzeichen und ein Knobelbecher einschließlich sechs Würfeln.

Das war alles nicht sehr aufschlussreich. Hinweise

auf ein Bankkonto oder gar ein Aktiendepot suchte sie vergebens. Nicht mal ein Portemonnaie hatte Fiete irgendwo versteckt. Er muss doch Geld haben, überlegte Frau Helbing. Also nicht nur ein bisschen Bares, um sich mal unter der Woche was kaufen zu können, sondern regelmäßige Zahlungen. Wie sollte er sonst die monatlichen Heimkosten begleichen? Natürlich hatte niemand ein Büro zu Hause, aber ein oder zwei Aktenordner mit offiziellen Schreiben sollte man doch in jedem Haushalt finden. Davon war Frau Helbing überzeugt. Rentenbescheinigungen, Unterlagen der Krankenkasse oder Quittungen über größere Anschaffungen, all das muss irgendwo abgeheftet werden. Mal abgesehen von Zeugnissen und Urkunden. In ihrer Wohnung könnte Frau Helbing mit einem gezielten Griff sofort das Familienbuch hervorziehen. Oder ihren Impfpass. Aber wo waren diese persönlichen Dokumente von Fiete?

Zur Sicherheit, um nur ja nichts zu übersehen, warf Frau Helbing sogar einen Blick hinter die Vorhänge und unter Fietes Bett. Hier wurde ordentlich geputzt, stellte sie anerkennend fest, aber zu entdecken gab es auch hier nichts.

Schließlich zog sie das Fotoalbum aus dem Regal. Wegen des Albums war sie überhaupt erst auf die Idee gekommen, nach Hinweisen zu suchen, wenngleich sie gar nicht wusste, was genau hier versteckt sein könnte. Frau Helbing setzte sich an einen kleinen Tisch, der mitten im Raum stand, und begann Seite für Seite in Augenschein zu nehmen. Tolle Bilder waren hier eingeklebt. Beeindruckende Hafenpanoramen, traumhafte Strände, spontane Schnappschüsse aus Bars und Kneipen aller Herren

Länder. Fiete war viel herumgekommen, keine Frage. Er hatte bestimmt ein äußerst spannendes Leben geführt. Frau Helbing fragte sich, ob sie auch gerne zur See gefahren wäre. Alles hatte Vor- und Nachteile, fand sie. Letztlich war sie mit ihrem Leben nicht unzufrieden, und was alles hätte sein können, war hinfällig. So ein Leben war nun mal endlich und Korrekturen im Nachhinein nicht möglich.

Außer bunter Erinnerungen fand Frau Helbing aber nichts weiter. Keinen Zettel mit Aufzeichnungen, keinen Kontoauszug oder Ähnliches. Nichts.

Enttäuscht beschloss sie, den Rückzug anzutreten. Diese Exkursion hatte nicht den gewünschten Erfolg gebracht. Eine gute Ermittlerin erkannte, wenn sie sich verfranzt hatte.

Jetzt hörte sie aber Stimmen im Flur. Wahrscheinlich war das Abendessen vorbei und einige Bewohner suchten bereits ihre Zimmer auf. Auch Pflegekräfte liefen hin und her. Die Sohlen ihrer Arbeitsschuhe quietschten auf dem Linoleum. Frau Helbing wartete einige Minuten lang hinter der Tür, aber ständig hörte sie Leute sprechen. Vom einfachen »Ja, ja« und »Gute Nacht« bis hin zu Anweisungen, welche Bewohner noch Medikamente einzunehmen hatten, drang alles Mögliche in ihr Ohr. Auch Anitas Kasernenhofstimme bellte einmal durch den Gang. Es war Frau Helbing gerade unmöglich, das Zimmer unbemerkt zu verlassen.

Sie hatte eine gute Idee gehabt, in das Heim zu gelangen, aber Vorkehrungen für den Rückweg zu treffen war ihr nicht in den Sinn gekommen. Das ärgerte sie jetzt. Aus dem Fenster zu krabbeln stellte auch keine Option dar. Der Grünstreifen hinter dem Haus war von einer Mauer umgeben. Frau Helbing saß fest.

Immerhin war die Wahrscheinlichkeit, dass jemand ins Zimmer kommen würde, sehr gering. Fiete wurde schließlich vermisst. Nach einer Weile schaltete sie den kleinen Fernseher ein, der gegenüber vom Bett stand, und stellte den Ton ganz leise. Die Matratze war überaus bequem, stellte sie fest, und noch bevor die *Tagesschau* anfing, war Frau Helbing eingeschlafen.

Um halb vier schreckte sie hoch. Frau Helbing brauchte ein paar Minuten, um zu realisieren, wo sie sich befand. In Fietes Bett. Mitten in der Nacht. Langsam kamen die Erinnerungen zurück. Schläfrig stand sie auf und streckte sich. Nun galt es aber schnell nach Hause zu kommen.

Leise öffnete sie die Tür und sah in den Flur. Eine Nachtbeleuchtung bot genug Helligkeit, um sich orientieren zu können. Weit und breit war niemand zu sehen. Und leise war es. Fast unheimlich.

Vorsichtig verließ Frau Helbing das Zimmer. Am Ende des Ganges blieb sie stehen und spähte um die Ecke. Hinter dem Empfangstresen, gegenüber der Eingangstür, saß eine Frau. Die Nachtwache, vermutete Frau Helbing. Auch wenn die Dame unentwegt auf ihr Smartphone starrte, würde es unmöglich sein, unbemerkt an ihr vorbeizukommen. Und sich auf den Boden zu legen, um unter dem Radar der Aufseherin durchzurobben, war für Frau Helbing keine Option. Ihr Rücken würde solche Verrenkungen nicht mitmachen. Vielleicht war die Tür auch abgeschlossen.

Frau Helbing ärgerte sich. Was war das bloß für eine Schnapsidee gewesen, heimlich in Fietes Zimmer einzudringen. Und gebracht hatte es auch nichts.

»Pst«, hörte sie plötzlich hinter sich.

Frau Helbing drehte sich um. Erst glaubte sie, ein Gespenst neben der Glastür zum Treppenhaus zu sehen, aber auf den zweiten Blick war ihr klar, dass es sich um Frau Prünnel handelte. Ihre ehemalige Kundin trug ein weißes Nachthemd. Die grauen Haare standen wild von ihrem Kopf ab.

»Pst«, machte sie erneut und zuckte mit dem Kopf zur Seite, als Zeichen, Frau Helbing möge näher kommen.

»Frau Prünnel. Haben Sie mich vielleicht erschreckt. Was machen Sie denn hier? Um diese Uhrzeit.« Frau Helbing flüsterte. »Sie sind ja barfuß.«

Frau Prünnel kicherte. Sie strahlte eine unbeschwerte Freude aus. Wie ein kleines Mädchen gluckste sie herum und zog die Schultern bis zu den Ohren. Vor ihrem Bauch hielt sie beide Handflächen mit einer kleinen Wölbung übereinander, sodass ein Hohlraum zwischen ihren Fingern entstand.

»Was haben Sie denn da?«, fragte Frau Helbing.

Es war offensichtlich, dass Frau Prünnel etwas verbarg.

»Guck mal«, sagte sie und lächelte verschmitzt.

Langsam hob sie den rechten Arm und gab den Blick auf einen Pfeilgiftfrosch frei.

Frau Helbing erstarrte. Auch wenn Herr Aydin ihr erzählt hatte, dass Baumsteigerfrösche in Gefangenschaft nicht giftig seien, konnte Frau Helbing ein Restrisiko nicht ausschließen. Vielleicht hatte dieses Tier vor nicht allzu langer Zeit noch in der freien Natur gelebt und kleine Partikel eines tödlichen Toxins befanden sich noch auf seiner Haut.

Frau Prünnel schien sich darüber keine Gedanken zu machen. Sie legte ihr Kinn an die Handfläche, schürzte ihre Lippen und gab dem Frosch einen Kuss.

»Froschkönig«, sagte sie strahlend.

»Nicht doch«, sagte Frau Helbing mit aufgerissenen Augen. »Lassen Sie das bitte.«

Frau Prünnel schüttelte den Kopf.

»Froschkönig«, wiederholte sie und küsste das Tier erneut. Das schien ihr großen Spaß zu machen.

Die Amphibie saß regungslos auf ihrer Handfläche und ließ die Knutscherei über sich ergehen. Nur die sich über die Kehlhaut abzeichnende Atmung verriet, dass es sich nicht um eine Plastikfigur, sondern um ein echtes Lebewesen handelte.

Der ist aber wirklich hübsch, dachte Frau Helbing. Das orange Streifenmuster des Frosches hatte eine fast künstliche Intensität. Es schien im dämmrigen Licht zu fluoreszieren.

»Wo haben Sie den König denn her?«, fragte Frau Helbing, obwohl sie die Antwort bereits zu kennen glaubte.

»Komm mal mit!«, sagte Frau Prünnel.

Sie ging schnurstracks ins Treppenhaus und nahm die ersten Stufen so leicht, als hätte sie in ihrem Leben noch nie Ischiasprobleme gehabt. Frau Helbing folgte ihr bis in die oberste Etage. Überraschenderweise stand die Tür zu Frau Kramnys Büro weit offen.

Das ist aber unachtsam, dachte Frau Helbing. Wieso hatte die Heimleiterin ihr Büro nicht abgeschlossen?

Im nächsten Moment erkannte sie eine Chance, wie sie

sich ihr kaum ein zweites Mal bieten würde. Unbemerkt könnte sie sich nun im Arbeitszimmer der Heimleiterin umsehen. Hier musste es eine Akte über Fiete geben. Vielleicht fände Frau Helbing sogar all das, was sie im Zimmer des Kapitäns vergeblich gesucht hatte. In aller Ruhe konnte sie sich umsehen. Von Frau Prünnel verraten zu werden war praktisch ausgeschlossen.

Aufgeregt betrat sie den Raum. Obwohl das Zimmer nur schwach von einer Stehlampe in der Ecke beleuchtet wurde, entdeckte Frau Helbing sofort die kleinen Frösche, die sich überall verteilt hatten. Auf dem Fußboden, an der Wand, auf Möbeln. In Grün, Gelb, Rot und anderen Farben leuchteten die Tiere wie bunte Glasperlen. Frau Prünnel hatte schon zwei Stück auf ihrem Handteller platziert und küsste sie abwechselnd.

»Warten Sie!« Frau Helbing wurde ganz nervös. »Das könnte gefährlich sein.«

Sie zog die vorsorglich mitgenommenen Handschuhe an und hob einen winzigen Frosch auf, der direkt vor ihr über den Boden hüpfte. Behutsam setzte sie ihn in das Terrarium zurück.

Wer hat bloß den Deckel entfernt?, fragte sie sich. War hier Tag der offenen Tür?

Bevor sie die Aktenschränke unter die Lupe nahm, wollte Frau Helbing erst alle Tiere retten. Die Vorstellung, einen dieser winzigen hübschen Exoten versehentlich totzutreten, behagte ihr überhaupt nicht.

Nach und nach sammelte sie die kleinen Hüpfer ein. Frau Prünnel war keine Hilfe. Im Gegenteil. Immer wenn sie sich einen Frosch geschnappt hatte, juchzte sie entzückt, küsste ihn und setzte ihn wieder irgendwo aus.

Mehrfach beschwor Frau Helbing sie, leise zu sein, aber es war ein Anrennen gegen Windmühlen. Sie konnte nur hoffen, Frau Prünnel würde nicht das ganze Haus aufwecken.

Als Frau Helbing ein blaues Exemplar mitten auf dem Schreibtisch entdeckte und sich über die Arbeitsfläche beugte, zuckte sie erschrocken zusammen. Da lag jemand auf dem Fußboden. Direkt vor dem Heizkörper. Frau Helbing hoffte inständig, es handele sich nur um einen Schatten, der ihr einen Streich spielte. Um besser sehen zu können, schaltete sie die Schreibtischlampe ein. Jetzt erkannte sie Frau Kramny. Zusammengekrümmt wie ein Embryo lag sie auf der Seite.

»Hallo!«, rief Frau Helbing einem ersten Impuls folgend. »Frau Kramny!«

Aber die Heimleiterin schlief nicht. Mit Grauen erkannte Frau Helbing, dass um den Kopf der Frau herum der Teppich dunkel gefärbt war. Eine beachtliche Blutlache hatte sich wie ein Heiligenschein ausgebreitet. Diesen Fleck würde man nie wieder aus der Auslegeware waschen können. Da war sich Frau Helbing sicher.

»Was ist denn hier passiert?«, stammelte Frau Helbing aufgeregt.

Es war überflüssig, den Puls der Heimleiterin zu fühlen. Die Frau war zweifelsfrei tot. Soweit es ihr möglich war, neigte sich Frau Helbing über den Leichnam und entdeckte in Höhe der Schläfe ein Loch im Schädel.

Auch wenn sie Schussverletzungen nur aus Kriminalromanen kannte, wusste Frau Helbing sofort, dass Frau Kramny erschossen worden war. Vielleicht sogar hingerichtet.

»Wer sind Sie denn?!«

Die Nachtwache stand plötzlich in der Tür und leuchtete mit einer Taschenlampe direkt in Frau Helbings Gesicht.

Sie schien sehr verärgert zu sein.

»Was machen Sie überhaupt hier?«, fragte die stämmige Frau.

Notlügen waren jetzt nicht angebracht, dachte Frau Helbing und hielt es für das Beste, die Wahrheit zu sagen.

»Frau Prünnel küsst Frösche, und ich begutachte Frau Kramnys Leiche«, sagte sie.

11

Frau Helbing saß in ihrer Küche und frühstückte. Sie aß natürlich Graubrot mit Quittengelee und trank dazu Kaffee mit einem Schuss Milch. An Ritualen sollte man nicht rütteln, fand sie. Frau Helbing war ein Gewohnheitsmensch. Sie mochte Struktur in ihrem Tagesablauf. Eine verlässlich immer wiederkehrende Struktur. Insbesondere das Frühstück hatte geradezu zeremoniellen Charakter und einen klar festgelegten zeitlichen Ablauf. Mit den Achtuhrnachrichten war die erste Mahlzeit des Tages beendet. Auch jetzt lag sie gut in der Zeit. Aber heute fühlte sie sich unausgeglichen und müde. Der Vormittag hatte sonderbar begonnen. Anders als alle anderen in ihrem bisherigen Leben.

Um halb vier in der Nacht war sie aus dem Schlaf aufgeschreckt. In einem fremden Bett liegend. Vollständig bekleidet und mit Straßenschuhen an den Füßen. Normalerweise klingelte Frau Helbings Wecker um halb sieben. Und gewöhnlich schlief sie im Winter in einem Nachthemd aus Frottee, was für eine erholsame Bettruhe ganz entscheidend war, da es sich ungleich bequemer anfühlte als Alltagskleidung, die mit Knöpfen, Schnallen, Bündchen und einer beengenden Passform unweigerlich Druckstellen verursachte.

Was sie aber neben dem Schlafdefizit und der fehlenden Nachtwäsche viel mehr aus der Bahn geworfen hatte, war die Tatsache, dass sie in den frühen Morgenstunden fast über Frau Kramny gestolpert war und die Heimleiterin ein Loch im Kopf aufwies.

All diese Ereignisse waren ungewöhnlich. Erschreckend ungewöhnlich, und so suchte sie mit einem vertrauten Frühstücksablauf wieder Ordnung in ihr Leben zurückzubringen. Es gelang nicht recht.

Als sie gegen fünf zu Hause angekommen war, hatte sich Frau Helbing ins Bett gelegt. Was hätte sie an einem Sonntag in aller Frühe sonst auch machen sollen? Schlafen hatte sie natürlich nicht mehr gekonnt. Dazu war sie viel zu aufgewühlt gewesen.

Schließlich war sie, noch bevor ihr alter Wecker gebimmelt hatte, aufgestanden und hatte einen Teelöffel Baldrian zu sich genommen. Das hatte ihre Mutter schon gegen aufkeimende Aufregung und Nervosität eingenommen, und die alten Hausmittel hatten nach Frau Helbings Meinung noch immer ihre Daseinsberechtigung. Bis jetzt hatte sich die beruhigende Wirkung dieses Pflanzenextrakts allerdings nicht bemerkbar gemacht.

Gerade als Frau Helbing den morgendlichen Abwasch erledigte, läutete das Telefon. Sie hatte keine Ahnung, wer das sein konnte.

»Borken von der Polizei«, hörte sie eine mittlerweile vertraute Stimme. »Guten Morgen, Frau Helbing.«

»Arbeiten Sie auch sonntags?«, fragte Frau Helbing überrascht.

»Ich habe Wochenenddienst«, erklärte Herr Borken seinen Anruf. »Um fünf Uhr hat man mich aus dem Bett geholt. Raten Sie mal, wo ich bin.«

»Ich tippe auf das Haus Buchenhain«, versuchte Frau Helbing ihr Glück.

»Volltreffer!«, rief Herr Borken.

Er klang nicht begeistert, sondern genervt. Den Wochenenddienst in Bereitschaft zu verbringen und dafür bezahlt zu werden war das eine, aber tatsächlich einen Todesfall untersuchen zu müssen, und dazu noch vor Tagesanbruch, war der Laune eines Beamten vermutlich nicht förderlich.

»Lassen Sie mich noch mal raten.« Frau Helbing war jetzt ganz interessiert. »Sie müssen mit mir reden.«

»Volle Punktzahl«, antwortete Herr Borken salopp. »Wenn es Ihnen recht ist, komme ich auf einen Sprung vorbei. Ich weiß ja noch, wo Sie wohnen.«

Es war etwa vier Monate her, dass Herr Borken zusammen mit seiner Chefin, Kommissarin Schneider, an Frau Helbings Wohnzimmertisch gesessen hatte. Sogar zweimal innerhalb einer Woche. Jetzt schien er alleine zu ermitteln.

»Frau Schneider kommt nicht?«, fragte Frau Helbing zur Sicherheit nach.

»Nicht an einem Sonntag«, sagte Herr Borken.

Man konnte heraushören, dass er es leid war, als Untergebener immer Sonderschichten aufgebrummt zu kriegen, während Beamte mit höheren Dienstgraden das Wochenende in vollen Zügen genießen konnten.

Frau Helbing sah plötzlich eine Chance, an viele aufschlussreiche Informationen zu gelangen. Aus erster Hand sozusagen.

»Ich mache uns mal einen schönen Kaffee«, sagte sie.

»Das tut nicht not«, sagte Herr Borken, so wie es nur

ein richtiger Hamburger formulierte. »Es geht lediglich um ein paar Fragen, die ich Ihnen stellen muss.«

Frau Helbing wollte ihn aber um den Finger wickeln. Wenn Frau Schneider nicht mitkäme, würde er bestimmt entspannter sein und bereitwillig Auskunft über den Mord an Frau Kramny geben.

»Wahrscheinlich haben Sie noch nicht gefrühstückt«, sagte sie und versuchte, besorgt zu klingen. »Das ist nicht gesund.«

»Machen Sie sich meinetwegen bloß keine Umstände«, sagte Herr Borken.

Das war höflich gemeint, aber er hatte einen knurrenden Magen. Das konnte Frau Helbing förmlich durch das Telefon hören.

»Mögen Sie Rührei?«, fragte sie.

»Nun ja …«

Auch wenn Herr Borken abwiegelte, hatte Frau Helbing den Eindruck, das Wasser laufe ihm schon im Munde zusammen.

»Mit Speck?«

»In zehn Minuten bin ich bei Ihnen«, beeilte sich Herr Borken zu antworten.

»Sehr schön«, rief sie freudig. »Bis gleich.«

Jetzt hatte sie eine Aufgabe, die sie von allen Grübeleien ablenkte. Schnell schnitt sie eine Zwiebel klein, zerteilte Speck in Würfel und schlug drei Eier auf. Parallel dazu bereitete sie frischen Kaffee zu. Sie war noch nicht ganz fertig, als Herr Borken klingelte, aber aus Erfahrung wusste sie, dass er eine ganze Weile brauchen würde, um die Stufen in den zweiten Stock zu erklimmen. Dieser Beamte war nicht nur unsportlich, sondern hatte auch ein bemerkenswertes Übergewicht. Darauf konnte sie jetzt aber keine Rücksicht nehmen und gab noch einen Klacks Butter in die Pfanne.

»Das ist ja großartig«, sagte Herr Borken strahlend, nachdem er an Frau Helbings Küchentisch Platz genommen hatte und wieder einigermaßen ruhig atmete.

»Wer arbeitet, muss auch essen«, sagte Frau Helbing, und das meinte sie ganz ernst.

Herr Borken nahm sie beim Wort und machte sich sofort über das Rührei her. Frau Helbing hatte es auf einer dicken Scheibe Butterbrot angerichtet und neben dem Kaffee noch ein Glas Saft auf den Tisch gestellt. Jetzt sah sie dem Beamten beim Essen zu.

»Sie wollen bestimmt wissen, was ich um vier Uhr nachts in Frau Kramnys Büro zu suchen hatte.«

Da Herr Borken mit Kauen beschäftigt war, beschloss Frau Helbing, die Initiative zu ergreifen und mit ihrer eigenen Befragung anzufangen. Als Krimileserin hatte sie natürlich eine Vorstellung davon, was der Kommissar von ihr wissen wollte.

Herr Borken nickte zustimmend.

»Um halb vier bin ich im Bett eines Heimbewohners aufgewacht«, begann sie zu erzählen.

Schlagartig hörte Herr Borken auf zu kauen und ließ den Mund offen stehen.

Das war kein schöner Anblick, mit dem ganzen Rührei auf seiner Zunge, aber Frau Helbing wurde dadurch sofort bewusst, wie missverständlich sie sich ausgedrückt hatte.

»Ich lag natürlich allein in diesem Bett«, sagte sie schnell und wurde ein bisschen rot.

Das war ihr jetzt wirklich unangenehm.

»Ich bin da irgendwie versehentlich eingeschlafen«, stammelte sie verlegen.

Herr Borken runzelte die Stirn, kaute aber weiter.

»Und dann habe ich Frau Prünnel im Flur getroffen«, fuhr Frau Helbing fort. »Das ist eine alte Kundin von mir. Die hat mich in Frau Kramnys Büro geführt, weil sie mir die Pfeilgiftfrösche zeigen wollte.«

Herr Borken schluckte das Ei hinunter.

»Es scheint ja einiges los zu sein. Nachts im Heim«, sagte er und trank etwas Saft. Dann schob er sich erneut eine Gabel mit Rührei und Brot in den Mund.

»Sicher wollen Sie wissen, ob die Bürotür offen stand«, sagte Frau Helbing, die mit ihrer Befragung an sich selbst noch nicht fertig war.

»Sperrangelweit«, sagte sie und zog mit ihren ausgestreckten Armen einen weiten Bogen durch die Luft, als öffnete sie eine Tür.

»Übrigens. Und das soll ich Ihnen bestimmt auch bestätigen: Ich habe nichts angefasst. Außer den Fröschen und dem Schalter der Schreibtischlampe. Aber dabei hatte ich Handschuhe an.«

Das sagte sie nicht ohne Stolz, denn keine Fingerabdrücke zu hinterlassen war in ihren Augen sehr professionell.

»Die Leiche habe ich mir nur angeguckt. Mit Abstand natürlich. Besonders das Einschussloch fand ich interessant. So etwas sieht man nicht alle Tage. Dafür habe ich sogar meine Lesebrille angezogen.«

Sie überlegte, was Herr Borken noch so für Fragen haben könnte, aber der hatte den Teller schon leer gefuttert und konnte jetzt selbst reden.

»Sie haben die Schreibtischlampe eingeschaltet?«, fragte er. »Das heißt, es war dunkel, als Sie den Raum betraten?«

»Nein, aber die Stehlampe in der Ecke gab nicht genug Licht, um zu erkennen, wer auf dem Boden lag.«

Herr Borken nickte zufrieden.

Frau Helbing hatte jetzt das Gefühl, ausgiebig Auskunft erteilt zu haben. Dafür, fand sie, könnte sie im Gegenzug selbst ein paar Details über die Hintergründe der Tat erfahren.

»Haben Sie denn schon eine Vermutung, wer Frau Kramny erschossen haben könnte?«, fragte sie so beiläufig wie möglich und schenkte Herrn Borken Saft nach.

»Nein. Der Mörder hat leider keine Visitenkarte hinterlassen.«

Herr Borken meinte das nicht böse. Nach dem leckeren Rührei war er gut gelaunt und sogar zum Scherzen aufgelegt. Überhaupt war er heute nicht so steif und nervös, wie ihn Frau Helbing sonst erlebt hatte. Das lag bestimmt daran, dass er allein war und nicht die ganze Zeit Angst haben musste, vor den Augen seiner Chefin einen Fehler zu machen. Er war auch leger gekleidet. Statt eines Anzugs trug er eine Jeans und einen Pullover.

»Unter uns gesagt.« Frau Helbing beugte sich verschwörerisch über den Tisch. »Ich fand die Frau komisch. Es ist schwer zu beschreiben, aber im Theater würde man von einer Fehlbesetzung sprechen. Man hätte meinen können, Frau Kramny wäre gar keine Heimleiterin.«

»Frau Helbing«, sagte Herr Borken. »Ich glaube, Sie haben eine sehr gute Beobachtungsgabe.«

Für einen Moment wusste Frau Helbing nicht, ob Herr

Borken das ernst gemeint hatte oder einen Spaß auf ihre Kosten machte.

»Können Sie schweigen?«, fragte er.

»Selbstverständlich«, sagte Frau Helbing. »Wie ein Grab.«

»Eigentlich darf ich Ihnen ja keine Auskunft geben«, fuhr Herr Borken fort. Er schien ihr dennoch etwas mitteilen zu wollen und gleichzeitig mit sich zu ringen, ob er die Grenze des Erlaubten überschreiten sollte. Frau Helbing konnte vor Anspannung kaum atmen.

»Der Name der Heimleiterin war gar nicht Kramny«, sagte Herr Borken schließlich.

»Ach!« Frau Helbing bekam große Augen. »Wie hieß die Dame dann?«

»Das kann ich noch nicht sagen. Sonntags um diese Uhrzeit kommt man nicht so einfach an Akten. Ich weiß nur aus einem Telefonat, dass sie an einem Zeugenschutzprogramm teilgenommen hat.«

»Zeugenschutzprogramm«, sagte Frau Helbing andächtig.

Das klang nach Mafia, Bandenkriminalität, brutalem Menschenhandel und überhaupt nach Verbrechen, die sich jenseits der Vorstellungskraft einer Wurstverkäuferin abspielten. Ein Schauer lief ihr über den Rücken.

»Sie wissen doch, was das ist?«, fragte Herr Borken. »Ein Zeugenschutzprogramm.«

»Oh ja«, sagte Frau Helbing. »Und niemand macht so etwas aus Jux und Dollerei. Es muss schrecklich sein, ständig Angst um sein Leben zu haben. Genau genommen ist man immerwährend auf der Flucht.«

Die arme Frau, dachte Frau Helbing. Aber es erklärte

vieles. Wahrscheinlich war Frau Kramny – oder wie immer sie geheißen hatte – deshalb auch so angespannt und in Gedanken gewesen. Vielleicht hatte sie eine Vorahnung gehabt, dass ihre Identität enttarnt werden würde, oder es gab bereits konkrete Anzeichen dafür.

»Wann ist sie denn erschossen worden?«

Frau Helbing wollte natürlich möglichst viel in Erfahrung bringen, jetzt, da Herr Borken sich entschieden hatte, Polizeiwissen preiszugeben.

»So um Mitternacht.«

Er trank in Ruhe seinen Kaffee aus.

»Mitternacht? Um diese Uhrzeit war ich im Heim. Da hätte ich doch den Schuss hören müssen«, sagte Frau Helbing. »Und nicht nur ich.«

Herr Borken schüttelte den Kopf.

»Nicht, wenn der Mörder einen Schalldämpfer benutzt hat«, sagte er.

»Oha«, sagte Frau Helbing. Diese Möglichkeit hatte sie nicht in Betracht gezogen.

»Wie gesagt, wir stehen ganz am Anfang. Morgen werde ich mich mit Frau Schneider besprechen. Alles Weitere wird man sehen.«

»Herr Borken, ich habe einen Verdacht«, sagte Frau Helbing geradeheraus.

»Einen Verdacht?« Herr Borken zog die Augenbrauen hoch.

»Herrn Geiger aus Wohnbereich eins. Dem würde ich glatt einen Mord zutrauen.«

»Frau Helbing«, sagte Herr Borken lächelnd. »Ein Heimbewohner? Sie machen einen Scherz.«

»Nein«, sagte Frau Helbing, leicht entrüstet darüber,

dass Herr Borken sie nicht ernst nahm. »Der Mann ist ein Schwindler.«

»Ich werde das natürlich prüfen«, sagte Herr Borken.

Frau Helbing ahnte, dass er das nur so dahinsagte, um Ruhe zu haben. Bevor sie nachfragen konnte, wie er das denn zu prüfen gedenke, sagte Herr Borken unvermittelt: »Vielen Dank für das Frühstück.«

Er schien jetzt gehen zu wollen. Das gefiel Frau Helbing gar nicht. Sie musste unbedingt noch die ein oder andere Frage loswerden.

»Bestimmt habe ich Sie nicht satt gekriegt«, sagte sie lächelnd.

Schnell stand sie auf und zog eine Packung Buttergebäck aus ihrem Vorratsschrank. So eine Keksmischung hatte sie immer im Haus, für den Fall, dass unangekündigt Besuch vor der Tür stand. Das kam nicht oft vor, aber Frau Helbing war gerne für alle Eventualitäten gerüstet.

»Nicht doch!«, rief Herr Borken und hob abwehrend die Hand, aber kaum war die Tüte geöffnet, griff er auch schon beherzt zu.

»Lecker!«, sagte er und schmatzte ein bisschen.

Mit Käse fängt man Mäuse, dachte Frau Helbing und schenkte noch etwas Kaffee nach. Jetzt, da Herr Borken wieder beschäftigt war, wollte sie unbedingt noch mal nachfragen, ob es neue Erkenntnisse über die Todesumstände der Betreuerin gab.

»Ermitteln Sie noch im Fall Fischer?«, fragte sie.

»Fischer?«

»Die Dame, die aus dem Fenster gestürzt ist«, half Frau Helbing nach.

Herr Borken zog die Augenbrauen hoch.

»Wieso fragen Sie danach?«

»Zwischen dem Ableben der beiden Frauen könnte doch ein Zusammenhang bestehen«, gab Frau Helbing zu bedenken. »Zwei ungewöhnliche Todesfälle innerhalb einer Woche, am selben Ort …«

Bedeutungsschwanger wiegte sie den Kopf hin und her.

Herr Borken räusperte sich. Er hatte zu viel trockene Kekse gleichzeitig gekaut und kämpfte nun mit den Krümeln in seinem Hals.

»Ich erkenne keine Parallelen«, sagte er schließlich mit kratziger Stimme. »Frau Fischer war eine vom Amtsgericht bestellte Betreuerin mit einem sauberen polizeilichen Führungszeugnis. Die Heimleiterin dagegen hatte eine Vergangenheit, die sie in ein Zeugenschutzprogramm zwang. Wo sehen Sie die Verbindung?«

»Ich lese gerne Krimis.« Frau Helbing hob den Zeigefinger, um seine ungeteilte Aufmerksamkeit zu erlangen. »Und wissen Sie warum? Aus genau diesem Grund. Es gibt am Anfang eines Falls keine Verbindungen, sondern lose Enden. Fäden, die nicht miteinander verwoben sind. Vermeintlich unlösbare Rätsel. Aber genau das macht einen Kriminalfall aus. Warum sollte man sonst auch weiterlesen? Es wäre langweilig. Die Dinge fügen sich mit der Zeit. Man darf nur nicht lockerlassen und muss natürlich Geduld haben.«

Herr Borken lächelte gequält.

»Das mag in den Büchern, die Sie lesen, so sein«, sagte er, »aber wir haben es hier nicht mit Unterhaltungsliteratur zu tun, sondern mit der Realität. Das sollten Sie nicht verwechseln.«

Er sagte das nicht unfreundlich, aber bestimmt. Und

um zu unterstreichen, nicht weiter über Parallelen zwischen seiner Arbeit und den abwegigen Hirngespinsten einiger versponnener Autoren reden zu wollen, stand er auf und verabschiedete sich. Nicht ohne sich noch einmal ausdrücklich für das Frühstückt zu bedanken. Immerhin, dachte Frau Helbing.

Sie beschloss, ihn gehen zu lassen. Was sollte sie ihm auch weiter anbieten? Ein Drei-Gänge-Menü? Der Mann konnte einem in Minuten die Haare vom Kopf fressen. Das ganze Gebäck hatte er weggefuttert. Sogar die eckigen Plätzchen mit den Kokosraspeln, die sonst immer übrig blieben.

12

Nachdem Herr Borken gegangen war, hatte sich Frau Helbing plötzlich daran erinnert, Heide zum Essen eingeladen zu haben. Also hatte sie das Küchenradio eingeschaltet, den Sender mit der leichten Musik zum Mitsummen gesucht und mit Kochvorbereitungen begonnen. Unter normalen Umständen hätte sie das vollauf glücklich gestimmt, aber zwei tote Frauen und ein verschwundener Kapitän innerhalb weniger Tage drückten auf ihre Stimmung.

Ob Fiete noch lebt?, fragte sich Frau Helbing, während sie Kartoffeln schälte. Wenn ihn niemand aufgefunden hatte – und davon war auszugehen –, war er vermutlich erfroren. Oder in der Elbe ertrunken. Schreckliche Bilder hatte Frau Helbing im Kopf. Sie konnte nur hoffen, er war entführt worden. Das wäre der beste aller schlechten Fälle. Vielleicht saß er jetzt gerade gefesselt auf einem Stuhl, aber wenigstens im Warmen und mit einer Mahlzeit im Bauch. Frau Helbing schüttelte den Kopf. Warum entführt man einen alten Mann?, fragte sie sich. Warum entführt man überhaupt Menschen? In der Regel, um Lösegeld zu fordern. Das wusste sie aus der Kriminalliteratur.

Frau Helbing schnitt Schalotten für das Wurzelgemüse klein und versuchte, sich in einen Entführer hineinzuversetzen. Einen Entführer, der einen Kapitän verschleppt hatte. Als Erstes bräuchte sie einen Ansprechpartner, dem gegenüber Ansprüche gestellt werden können. Einen Verhandlungspartner. Wen würde sie anrufen, wenn Fiete in ihrer Gewalt wäre? Und schon kam sie mit ihren Gedankenspielen nicht mehr weiter. Fiete hatte keine Angehörigen. Um Geld zu fordern, braucht es Leute, die bereit sind, Geld zu zahlen. Und auch Geld haben.

Frau Helbing schnitt eine Scheibe Sellerieknolle in Würfel. In einen guten Kartoffelstampf gehörte ihrer Meinung nach immer etwas Sellerie.

Es gäbe natürlich auch die Möglichkeit, von dem Entführten selbst Geld zu fordern. Er könnte eine Vollmacht unterzeichnen, mit der man dann zur Bank ginge oder so. Da war sie wieder bei dem Konto und der Depotnummer. Der Notizzettel von Frau Fischer schien ein Schlüssel zu sein. Es bestand die Möglichkeit, dass Fiete ein Vermögen angehäuft hatte. Wie auch immer ihm das gelungen sein mochte.

Hermann und sie hatten selten etwas zurücklegen können. Ein ganzes Arbeitsleben lang hatte das Geld gerade eben gereicht, um die laufenden Rechnungen bezahlen zu können. Die Metzgerei hatte nie viel abgeworfen. Der Anlageberater von der Sparkasse sprach zwar oft von »Vermögensaufbau«, wenn sie mal ein paar Hundert D-Mark auf das Sparkonto eingezahlt hatten, aber im Nachhinein hatte Frau Helbing den Verdacht, der Mann konnte einfach nicht rechnen. Oder er wusste nicht, was ein richtiges Vermögen war. Das war ja auch relativ. Ein Vermögen.

Frau Helbing schaltete das Radio aus. Wenn man nicht auf Volksmusik eingestellt war, konnte einen das Gedudel wahnsinnig machen. In einem großen Topf briet sie die Kaninchenteile scharf an.

Wie könnte sie einen Blick auf Fietes Konto und Depot werfen?, grübelte sie, während sich in der Küche ein angenehmer Duft nach knusprigem Fleisch ausbreitete. Mit ziemlicher Sicherheit hatte er sein Geld zur Sparkasse gebracht. Das war damals so üblich gewesen, wenn man nicht zu den oberen Zehntausend gehörte, wie Hermann das gerne ausgedrückt hatte. Alleine das Wort klang schon bodenständig. Sparkasse.

Frau Helbing gab nach und nach die Zwiebeln, Knoblauch und klein gehacktes Suppengemüse in die Pfanne und reduzierte leicht die Hitze.

Sie konnte natürlich schlecht zur Bank gehen und sagen: »Ein Freund von mir hat wahrscheinlich ein Konto bei Ihnen. Und ein Aktiendepot. Da möchte ich bitte mal draufschauen.«

Nein, man würde sie auslachen. Frau Helbing löschte das Fleisch mit Brühe ab. Ein richtiger Detektiv würde in so einem Fall auch nicht durch den Haupteingang, sondern die Hintertür gehen. Sie brauchte einen Maulwurf, überlegte Frau Helbing. Einen Informanten. Wie gut, dass Heide nachher kam. Wenn jemand Kontakte zur Hamburger Finanzwelt hatte, dann sie. Als Frau Helbing etwas später für die Soße das Mehl in der Pfanne anbräunte, war sie entschlossen, ihre Freundin um Hilfe zu bitten.

»Das duftet aber gut bei dir, Schätzchen!«

Mit energischen Schritten kam Heide durch die Tür. Sie pflegte immer einen divenhaften Auftritt, mit großen Gesten. Frau Helbing kannte das natürlich und gab ihrer Freundin die Bühne und Aufmerksamkeit, die sie brauchte.

»Ich habe einen Bärenhunger«, sagte Heide mit kräftiger Stimme. »Kein Wunder bei der Kälte. Das Wetter bringt mich noch um.«

Frau Helbing nickte zustimmend. Mit Schwung warf Heide ihren Mantel über die Garderobe.

»Gut, dass ich in drei Wochen mit meiner Bridge-Runde nach Mallorca fliege. Im Frühjahr, zur Mandelblüte, ist die Insel ein Traum. Da wäre auch noch ein Zimmer frei. Ich lade dich gerne ein.«

»Vielen Dank.«

Frau Helbing winkte ab. Sie kannte Heides Mitspielerinnen und deren gouvernantenhaftes Gehabe. Diese Gruppe würde sie nicht länger als einen Tag ertragen. Außerdem blieb sie lieber zu Hause, wo sie hingehörte, anstatt in der Welt herumzufliegen.

»Du bist aber auch stur«, stellte Heide fest. »Dabei würde gerade dir ein Tapetenwechsel guttun. Von einem Tapetenwechsel in dieser Wohnung ganz zu schweigen.« Abschätzig ließ Heide ihren Blick durch den Raum schweifen. »Da sind bestimmt schon die Motten drin.«

Sie hatte schon oft betont, dass ihrer Meinung nach Frau Helbings Wohnung dringend renovierungsbedürftig sei und auch das Mobiliar auf den Sperrmüll gehöre.

Wie immer ignorierte Frau Helbing Heides Bemerkungen und lotste ihre Freundin zum Tisch, den sie bereits mit dem Sonntagsgeschirr eingedeckt hatte.

»Lass uns mal mit dem Essen anfangen, bevor alles kalt ist«, sagte sie.

Nachdem Heide schon einen halben Hinterlauf verspeist und ihr Redefluss nachgelassen hatte, ergriff Frau Helbing das Wort.

»Hast du noch Kontakt zu diesem Filialleiter, der auf deinem Siebzigsten war?«, fragte sie. »Du weißt, wen ich meine. Den von der Sparkasse.«

Verwundert sah Heide ihre Freundin an.

»Du meinst den Hansi Flumm? Was willst du denn von dem?« Dann fügte sie mit einem verschmitzten Lächeln hinzu: »Mach dir keine falschen Hoffnungen. Der ist verheiratet.«

»Ach, Heide.« Frau Helbing verdrehte die Augen.

»Bitte lass die Scherze«, sagte sie ernst. »Um mich herum passieren gerade so viele schreckliche Dinge. Fiete ist verschwunden.«

»Der Kapitän?«

»Genau. In der Nacht zu Samstag ist er verloren gegangen und bis jetzt nicht wieder aufgetaucht.«

»Und was hat Hansi damit zu tun?«

»Ich vermute, dass Fiete entführt worden ist, und wüsste gerne, aus welchem Grund. Vielleicht kann dieser Herr Flumm mal nachsehen, ob Fiete Jacobsen ein Konto und vielleicht ein Aktiendepot bei der Sparkasse hat. Das wäre von großem Interesse für mich.«

»Hast du schon mal was von Datenschutz gehört?«, fragte Heide mit einem leicht tadelnden Unterton.

»Es handelt sich um einen Notfall, Heide. Der Kapitän ist in Gefahr. Wenn er überhaupt noch lebt.«

»Sieh mal.« Frau Helbing legte den Zettel auf den Tisch, der mutmaßlich von Frau Fischer geschrieben worden war. »Wenn ich weiß, warum sich Fietes Betreuerin diese

Notizen gemacht hat, bin ich bestimmt einen Schritt weiter.«

»Ach, Franzi.« Heide setzte den Blick einer verzweifelten Lehrerin auf. »Ich weiß, dass du schon mal einen Mordfall gelöst hast, aber deswegen pflastern jetzt nicht reihenweise vorsätzlich getötete oder entführte Menschen deinen Weg.«

»Ach nein?«, sagte Frau Helbing aufgebracht. »Und wenn ich dir erzähle, dass ich um vier Uhr in der Frühe die Heimleiterin im Haus Buchenhain gefunden habe? Erschossen. Das kann dir die Polizei bestätigen.«

»Was machst du denn um diese Zeit im Altersheim?«, fragte Heide erstaunt.

»Das ist doch ganz egal.«

Frau Helbing hatte Mühe, ruhig zu bleiben. Ihre Freundin schien nicht zu verstehen, an welch komplexem Fall sie sich gerade die Zähne ausbiss.

»Du musst das große Ganze sehen«, sagte sie und zeichnete mit den Händen einen Kreis in die Luft. »Alles hängt zusammen. Der Tod von Frau Fischer, das Verschwinden Fietes und diese Kugel im Kopf von Frau …« Sie verstummte abrupt. Sie kannte den Namen der Frau gar nicht und wollte auch nicht versehentlich Ermittlungsdetails preisgeben, die Herr Borken ihr anvertraut hatte. Das hatte sie ihm versprochen, und daran würde sie sich auch halten. Sie empfand das als Ehrenkodex unter Ermittlern.

»Alles hängt zusammen«, wiederholte Frau Helbing schließlich und ließ die Arme sinken. »Verstehst du?«

Heide aß unbeeindruckt weiter.

»Du ziehst das aber auch irgendwie an«, sagte sie mit

vollem Mund. »Andere stolpern nicht so oft über Leichen.«

Dann schob sie sich eine weitere Gabel mit Kartoffelstampf in den Mund.

Frau Helbing ließ sie in Ruhe essen. Heide reagierte immer erst ignorant und besserwisserisch, um nach einer Weile großzügig einzulenken. Dieses Verhaltensmuster war schon in der Grundschule erkennbar gewesen, und auch wenn Frau Helbing keine Psychologin war, hatte sie früh verstanden, mit Heides Launen umzugehen.

Sie nahm sich noch etwas von der Tomatensoße mit Madeira, die ihr heute besonders gut gelungen war, obwohl sie ihre Gedanken beim Kochen sonst wo gehabt hatte. Aber dank ihrer Routine aus mehreren Jahrzehnten konnte sie am Herd auf eine Art Autopilot umschalten.

»Ich ruf den Hansi nach dem Essen mal an«, sagte Heide schließlich und nahm sich noch ein Rückenteil.

Das tat sie dann auch. Während Frau Helbing den Tisch abräumte, führte Heide ein kurzes Gespräch von ihrem Handy aus und erklärte anschließend: »Morgen Vormittag um neun hast du einen Termin. Ich habe aber nicht gesagt, worum es geht. Nur, dass es dringend ist.«

»Danke.«

Frau Helbing war erleichtert. Mit Herrn Flumm würde sie schon klarkommen. Auf Heides Geburtstag hatte sie sich angeregt mit ihm unterhalten und dabei erfahren, dass er als Jugendlicher ein frisiertes Mofa gefahren war. Ohne Führerschein. So jemand stellt sich nicht an, wenn es darum geht, mal einen Blick auf ein fremdes Konto zu werfen. Sie beschloss, ihm ein Glas selbst gemachte Eisbeinsülze mitzubringen. Eisbeinsülze war ihrer Meinung nach immer ein guter Türöffner. Oder Marmelade. Wem man was schenken sollte, war natürlich eine Frage der Menschenkenntnis. Herr Flumm war ein Sülzentyp, da war sich Frau Helbing sicher.

»Nehmen wir mal an, du hast recht, und Fiete hat eine größere Summe auf seinem Konto«, begann Heide, die es sich auf dem Sofa bequem gemacht hatte. Offensichtlich war sie nun selbst mit den Vorkommnissen im Altersheim beschäftigt.

Frau Helbing saß in ihrem Ohrensessel, legte die Füße hoch und hörte zu.

»Dann könnte, wer auch immer ihn entführt hat, das Geld fordern, und die Sache wäre erledigt.« Sie machte eine kurze Pause und zog fragend ihre Stirn in Falten. »Warum erschießen die Erpresser zusätzlich eine Heimleiterin und schubsen eine Betreuerin aus dem Fenster?«

»Tja.« Frau Helbing wusste nichts zu antworten und sah ein, dass es schwierig sein würde, diese Geschehnisse zusammenzubringen.

»Was hat die noch mal gesagt?«, fragte Heide in die Stille. »Diese Frau Fischer.«

»Morf«, antwortete Frau Helbing wahrheitsgemäß.

»Morf«, wiederholte Heide.

Das Lächeln, das dabei ihre Lippen umspielte, gefiel Frau Helbing gar nicht. Sie fühlte sich von ihrer Freundin nicht ernst genommen. Mehr noch. Heide hielt sie für versponnen. Das konnte sie ihr aber auch nicht übel nehmen. Schließlich hatte sie überhaupt nichts in der Hand, was einen Zusammenhang der Geschehnisse im Haus Buchenhain herstellen würde. Nur drei Puzzleteile, die vielleicht nicht zusammengehörten und sich nie ineinanderfügen ließen. Sie wollte das nicht weiter vertiefen.

»Hast du eigentlich Angst, in ein Heim ziehen zu müssen?«, fragte Frau Helbing, um das Thema zu wechseln.

»Ach, Schätzchen.« Heide schien amüsiert. »Darüber mache ich mir Gedanken, wenn ich alt bin.«

Frau Helbing sah erstaunt auf.

»Wann bist du denn alt?«

»Ach, frag mich in zwanzig Jahren noch mal. Das biologische Alter kann man nicht in Zahlen ausdrücken. Mein Arzt hat gesagt, ich hätte den Körper einer Vierzigjährigen.«

»Dann braucht dein Arzt mal eine Brille«, sagte Frau Helbing unverblümt.

So einen Quatsch hatte sie noch nie gehört.

»Außerdem geht es ja mehr um den Kopf«, fuhr sie fort. »Ich vergesse schon das ein oder andere. Und irgendwann ist vielleicht alles weg.«

»Dann mach doch Gehirnjogging«, sagte Heide, die jetzt ein bisschen eingeschnappt war.

»Gehirnjogging?«, fragte Frau Helbing. Sie wusste nicht, was das sein sollte.

»Na, das sagt man halt so. Gemeint sind Logikrätsel, Knobelaufgaben oder Suchspiele, bei denen du dich konzentrieren musst. Du gehst doch immer in die Bücherhalle. Die haben bestimmt ein reichhaltiges Angebot an Denksportaufgaben.«

Heide setzte eine vorwurfsvolle Miene auf. »Wenn du immer nur in den Krimiregalen guckst, wirst du deinen Horizont bestimmt nicht erweitern.«

In einem Punkt musste Frau Helbing ihrer Freundin

recht geben. Tatsächlich lieh sie ausschließlich Kriminalromane aus und hatte in den anderen Bereichen der Bücherei noch nie gestöbert. Sie nahm sich vor, bei ihrem nächsten Besuch das Angebot der öffentlichen Bibliothek mal genauer unter die Lupe zu nehmen. Gleichwohl war ihrer Meinung nach ein Krimi im weitesten Sinne ebenfalls Kopftraining.

»Einen Mordfall aufzuklären ist auch Gehirnjogging«, sagte sie trotzig. Frau Helbing wollte nicht immer nachgeben. Bei Heides Temperament musste sie aufpassen, nicht unter die Räder zu kommen.

Schon immer pflegten die beiden Frauen kleinere Wortgefechte und Reibereien, was ihrer Freundschaft aber keinen Abbruch tat. Richtig böse waren sie sich in all den Jahrzehnten noch nie gewesen, und Frau Helbing lenkte dann doch irgendwann ein, weil sie im Grunde nicht konfliktfähig war und Streit nur schlecht aushalten konnte.

»Meditation ist auch eine vorbeugende Maßnahme gegen Altersdemenz«, erklärte Heide.

Sie führte auch gleich Atemübungen vor, die sie bei einem Yogaseminar gelernt hatte. Yoga und Meditation waren Heides Steckenpferde. Immer wieder versuchte sie ihrer Freundin fernöstliche Entspannungsübungen nahezubringen. Frau Helbing atmete notgedrungen mit, war aber von Anfang an nicht überzeugt, dadurch in eine andere Ebene des Bewusstseins aufzusteigen. Obwohl sie ihren Körper aufmerksam beobachtete, war Frau Helbing nicht wirklich überrascht, wie die Luft regelmäßig in ihre Lunge strömte, um gleich darauf wieder zu entfleuchen. Jedenfalls war es nur halb so aufregend, wie Heide es ihr einzureden versuchte. Wenn man seit so vielen Jahren ein- und ausgeatmet hat, dachte Frau Helbing, stellt sich vermutlich eine gewisse Routine ein. Ich atme auch nachts, wenn ich schlafe, hatte sie oft zu Heide gesagt, ohne mich darauf zu konzentrieren. Das hatte schon oft zu Diskussionen geführt, auf die sie heute keine Lust hatte.

Nachdem Heide gegangen war, rief Frau Helbing Pitt an. Sie wollte ihn bei ihrem Termin in der Bank dabeihaben. Ein bisschen Unterstützung wäre nicht schlecht, dachte sie. Schließlich musste Herr Flumm davon überzeugt werden, über den Datenschutz eines Kunden hinwegzusehen, und vielleicht konnte Pitt die Dringlichkeit eines solchen Gesetzesverstoßes untermauern. Dann wusste sie nicht mehr, was sie mit dem Rest des Tages noch anfangen könnte. Normalerweise besuchte sie an Sonntagnachmittagen Hermanns Grab. Aber nicht in den Wintermonaten. Der Ohlsdorfer Friedhof schloss in der dunklen Jahreszeit bereits früh seine Pforte, und im Januar zwischen Gräbern herumzulaufen fand Frau Helbing ein bisschen gruselig.

Sie setzte sich in ihren Ohrensessel und las noch ein wenig. Inspektor Murphy hatte die Konten eines Wettbüros einfrieren lassen, da er Unregelmäßigkeiten bei den heutigen Pferdewetten festgestellt hatte. Frau Helbing hielt kurz inne. Inspektor Murphy war also auch zur Bank gegangen. Die Parallelen zu ihrem eigenen Fall waren nicht zu übersehen. Das war schon im letzten Herbst so gewesen, als sie den Mord an ihrem Nachbarn aufgeklärt hatte. Es gibt schon verrückte Zufälle, dachte sie und war gespannt, welchen Schritt Murphy als Nächstes machen würde. Sie schlief aber immer wieder mit dem geöffneten Buch in der Hand ein, bis sie sich eingestand, müde zu sein. Dabei war es erst später Nachmittag, aber wenn man um halb vier in der Frühe in einem fremden Bett erwacht, ist das auch kein Wunder, tadelte sie sich selbst.

Frau Helbing traf eine Entscheidung, die sie vor Kurzem noch für unmöglich gehalten hätte. Heute würde sie noch vor dem *Tatort* ins Bett gehen. Was waren das für schöne Zeiten gewesen, als sie zusammen mit Hermann das Wochenende vor dem Fernseher ausklingen ließ. Damals gab es nur drei Programme, und der *Tatort* hatte sonntags wahrscheinlich die höchste Einschaltquote verzeichnet. Aber die letzten Folgen waren ihr schon zu brutal vorgekommen. Es war einfach nicht mehr das Gleiche. Und wenn die Handlung in den Hintergrund treten muss, weil Pyrotechnik und Spezialeffekte den Löwenanteil der Sendezeit in Anspruch nahmen, wollte sie sich das auch nicht mehr angucken. Die Welt war eine andere geworden, empfand sie oft, und auch wenn nicht alles schlecht war, erinnerte sie sich gerne an die alten Zeiten zurück.

Frau Helbing stellte sich ein großes Glas Pfefferminztee auf den Nachtschrank, kuschelte sich in ihr Bett und fiel in einen tiefen Schlaf.

13

Frau Helbing war ein bisschen enttäuscht. So ein Filialleiterbüro hatte sie sich anders vorgestellt. Irgendwie pompöser. Luxuriöser auch.

Vielleicht kam ihre überzogene Erwartungshaltung daher, dass sie vor etwa vierzig Jahren mal in Alberts Büro gewesen war. Aber Heides Mann hatte eine hohe Position bei einer Privatbank innegehabt, wo man erst mit einem siebenstelligen Vermögen als Kunde in Betracht gezogen wurde. Der hatte Echtholzmöbel und Teppichboden in seinem Arbeitszimmer gehabt. Herr Flumm musste mit kunststofffurnierten Resopalplatten und Laminat vorliebnehmen. In Sparkasse steckte ja auch das Wort sparen, dachte Frau Helbing kurz. Eigentlich war das aber zweitrangig. Sie war schließlich nicht hier, um die Einrichtung zu bewundern, sondern, um endlich in Erfahrung zu bringen, wie es um Fietes Finanzen bestellt war.

Kurz vor neun hatte sie zusammen mit dem lustigen Pitt die Bank betreten. Eine nette Dame hatte sie in dieses Büro geführt und gebeten, einen Moment zu warten.

Pitt hatte noch nicht viel gesprochen. Eigentlich nichts außer »Moin«. Man konnte ihm ansehen, dass er nicht so recht Lust auf diesen Termin hatte und viel lieber länger im Bett geblieben wäre. Vielleicht quälte ihn aber auch noch immer sein schlechtes Gewissen, weil ihm Fiete abhandengekommen war.

»Frau Helbing«, sagte Herr Flumm gut gelaunt, als er das Büro betrat. »Guten Morgen.«

Er warf einen fragenden Blick auf Pitt.

»Das ist Herr Schröter«, stellte Frau Helbing ihren Freund vor und stieß Pitt mit dem Ellbogen an.

»Moin«, quetschte er durch die Zähne.

»Mein Leibwächter«, sagte Frau Helbing.

Sie wollte einen Scherz machen. In einer ungezwungenen Atmosphäre würde Herr Flumm bestimmt eher dazu neigen, bei den Datenschutzvorschriften nicht so pingelig zu sein, dachte sie. Und mit dem mürrischen Gesicht und der Rollmütze auf dem Kopf wirkte Pitt tatsächlich wie ein Fußballfan, den man besser nicht ansprach, wenn sein Lieblingsverein gerade verloren hatte.

»Haben Sie etwa ein paar Millionen in bar dabei?«, stieg Herr Flumm auf ihren Witz ein.

»Nein, aber Eisbeinsülze«, sagte Frau Helbing und überreichte Herrn Flumm ein Einweckglas. »Selbst gekocht natürlich.«

»Dafür habe ich sogar noch ein Schließfach frei«, konterte Herr Flumm, bevor er sich bedankte.

Das läuft ja super, dachte Frau Helbing und wollte gleich zur Sache kommen.

»Wissen Sie«, begann sie ihr Anliegen zu formulieren, »ich habe eine große Bitte.«

Herr Flumm lehnte sich in seinem Stuhl zurück und hörte zu.

»Ein guter Freund meines verstorbenen Mannes ist verschwunden. Fiete Jacobsen heißt er. Ich habe Grund zu der Annahme, dass er hier bei der Sparkasse ein Konto hat. Vielleicht sogar ein Aktiendepot. Es wäre wahnsinnig nett, wenn Sie mal nachsehen könnten. Das würde uns bestimmt weiterhelfen.«

Herr Flumm lächelte nachsichtig.

»Frau Helbing. Bestimmt haben Sie die besten Absichten, und ich verstehe, dass Sie sich Sorgen um Ihren Freund machen«, sagte er. »Aber wir haben strenge Vorschriften, was den Datenschutz angeht.«

»Ach, Datenschutz«, rief Frau Helbing mit einer abwehrenden Handbewegung. »Ich bin ja nicht das Internet, sondern nur eine alte Frau.«

Herr Flumm schüttelte den Kopf.

»Ich darf solche Informationen nicht herausgeben. Da sind mir wirklich die Hände gebunden.«

Mann, ist der kleinkariert, dachte Frau Helbing. Aber groß angeben mit seinem Mofa, das er ohne Führerschein gefahren ist.

Sie sagte aber: »Da kann man nicht mal eine Ausnahme machen? Als Filialleiter haben Sie doch bestimmt einen Ermessensspielraum.«

Sie lächelte den Filialleiter verschwörerisch an. »Außerdem haben wir eine gemeinsame Freundin, die sich bestimmt für mich verbürgt.«

»Nein, das geht nicht. Sie brauchen eine Vollmacht«, sagte Herr Flumm unmissverständlich.

»Wo soll ich denn eine Vollmacht herkriegen?« Frau Helbing sah ihre Felle wegschwimmen. Und die investierte Eisbeinsülze obendrein.

Plötzlich räusperte sich Pitt und hob die Hand wie ein Grundschüler, der sich meldet.

»Also ich habe eine Vollmacht«, sagte er und wirkte dabei fast ein bisschen verlegen.

Einen kurzen Moment war es still.

»Du hast eine Vollmacht?«, rief Frau Helbing mit aufgerissenen Augen.

»Na ja, das ist schon vierzig Jahre her oder so. Fiete war ja immer in der Welt unterwegs. Und für Notfälle hat er mich mal gefragt …«

»Warum hast du das denn nicht gleich gesagt?«, fiel ihm Frau Helbing ins Wort.

»Ist mir gerade erst wieder eingefallen«, sagte Pitt kleinlaut.

»Das ist ja großartig!«, sagte Frau Helbing mit einem triumphierenden Lächeln und wandte sich an Herrn Flumm. »Wir würden jetzt gerne mal einen Blick auf Herrn Jacobsens Konto werfen.«

Herr Flumm musterte skeptisch den lustigen Pitt.

»Haben Sie einen Ausweis dabei?«, fragte er schließlich.

»Selbstverständlich.«

Der lustige Pitt schob seinen Personalausweis über den Schreibtisch.

»Und der Kontoinhaber heißt Jacobsen, Fiete?«, fragte Herr Flumm.

»Also Friedrich«, sagte Frau Helbing. »Sie wissen ja, wofür Fiete in Hamburg steht.«

Der Filialleiter nickte und tippte auf der Tastatur seines Computers rum.

»Sie haben tatsächlich eine Vollmacht«, sagte er nach einer Weile zu Pitt. »Seit April 1973, um genau zu sein.«

»Dann ist ja alles geritzt«, sagte Frau Helbing gut gelaunt. Plötzlich hatte sie vor Aufregung einen ganz roten Kopf.

»Na?«, sagte sie ungeduldig.

»Eigentlich darf ich die Informationen nur Herrn Schröter gegenüber offenlegen«, gab Herr Flumm zu bedenken. Er wollte Frau Helbing aber nur ein bisschen piesacken und sagte nach einer kurzen Pause: »Aber ich werde mal ein Auge zudrücken.«

Geht doch, du alter Mofarocker, dachte Frau Helbing und ballte ihre Hände unter dem Tisch zu Fäusten.

»Herr Jacobsen hat ein Konto und ein Aktiendepot bei unserer Bank«, bestätigte Herr Flumm Frau Helbings Verdacht.

Dann machte er ein paar Bewegungen mit der Maus seines Computers.

»Das Konto weist ein Guthaben von einem Euro und dreißig Cent auf.«

Frau Helbing staunte.

»Das ist ja fast nichts. Kriegt Herr Jacobsen denn keine Rente?«

»Doch, schon«, sagte Herr Flumm. »Aber die geht per Dauerauftrag direkt an ein Altersheim. Außerdem wurde erst letzte Woche ein Betrag von fünftausend Euro in bar abgehoben.«

»Von Herrn Jacobsen selbst?«, wollte Frau Helbing wissen.

»Von jemandem, der die Bankkarte hatte und die PIN kannte. Mehr kann ich dazu nicht sagen.«

»Seltsam«, sagte Frau Helbing. »Die Betreuerin wollte ihn in ein neues Heim umziehen lassen. Und so, wie ich das verstanden habe, hatte Frau Fischer keine Sorgen wegen der Finanzierung. Und das, obwohl Fiete mittellos ist.«

»Mittellos? Das würde ich so nicht sagen«, Herr Flumm

warf wieder einen Blick auf den Computer. »Der Kurswert des Depots liegt aktuell bei rund Sechshundertachtzigtausend Euro.«

Frau Helbing schlug vor Schreck die Hand vor den Mund.

»Wie viel?«, rief sie aufgewühlt.

»Sechshundertachtzigtausend Euro«, wiederholte Herr Flumm ungerührt.

Ungeachtet der Tatsache, dass es noch nicht einmal zehn Uhr am Vormittag war, hätte Frau Helbing jetzt gerne einen Schnaps getrunken. Einfach nur, um ihre galoppierenden Nerven wieder einzufangen. Pitt dagegen schmunzelte nur.

»Die alte Teerjacke«, murmelte er vergnügt.

»Das ist ein Motiv«, zischte Frau Helbing.

»Es sind schon alte Frauen für weniger Geld um die Ecke gebracht worden«, ergänzte sie.

»Um die Ecke gebracht? Ich dachte, Herr Jacobsen ist verschwunden«, meldete sich Herr Flumm zu Wort.

»Nach meiner Theorie ist er entführt worden«, erklärte Frau Helbing. »Und sechshundertachtzigtausend Euro Lösegeld macht diese These plausibel. Glauben Sie mir, ich kenne mich da aus.«

»Jemand hat Lösegeld gefordert?« Jetzt bekam Herr Flumm große Augen.

»Noch nicht«, sagte Frau Helbing. Sie dachte einen Augenblick nach. »Sagen Sie, Herr Flumm, eine vom Amtsgericht bestellte Betreuerin hätte doch auch Vollmacht über das Vermögen, oder?«

»Das ist richtig«, bestätigte der Filialleiter.

»Wenn ich Ihnen jetzt sage, dass die Betreuerin von

Herrn Jacobsen aus dem Fenster gestoßen wurde. In den Tod. Wie finden Sie das? Verdächtig?«

Im Gegensatz zu Frau Helbing wurde Herr Flumm jetzt blass.

»Müssen wir nicht die Polizei einschalten?«, fragte er besorgt.

»Machen Sie sich keine Sorgen, die arbeitet schon daran.«

Frau Helbing drehte ihren Kopf zu Pitt.

»Woher hat der Käpten denn so viel Geld?«, fragte sie.

»Einen Teil seiner Heuer hat er immer zurückgelegt«, sagte Pitt. »Als Fiete sich dann Ende der Neunziger zur Ruhe gesetzt hatte, wollte er unbedingt am Neuen Markt investieren. Da hatte ihm jemand einen Floh ins Ohr gesetzt. Seine Ersparnisse beliefen sich damals auf etwa hunderttausend D-Mark. Er mache daraus ein gigantisches Vermögen, hat er geprahlt. Ich kann mich noch gut daran erinnern. Viele Leute haben wie verrückt Aktien gekauft und geglaubt, Millionäre zu werden. Aber dann ist die ganze Sache gegen die Wand gefahren, und danach wollte keiner mehr über seine Investitionen sprechen. Fiete auch nicht.«

»Neuer Markt?«

Frau Helbing wusste mit dem Begriff nichts anzufangen. Sie sah Herrn Flumm fragend an.

»Der Neue Markt war ein Segment der Deutschen Börse«, begann Herr Flumm zu erklären. »Da wurden hauptsächlich Aktien von neuen Technologieunternehmen gehandelt. Die Kurse gingen anfangs wirklich durch die Decke. Wahnsinn. Wenn ich daran zurückdenke, frage ich mich, ob wir alle verrückt waren. Da waren

Start-up-Unternehmen dabei, die nichts hatten außer einer Idee. Im günstigsten Fall haben die wenig Verlust gemacht. Von Gewinn hat überhaupt keiner geredet. Und plötzlich waren die mehr wert als alteingesessene Firmen, die seit fünfzig Jahren regelmäßig eine Dividende gezahlt hatten. Völliger Wahnsinn.«

»Dividende ist ein Zins, den die Aktiengesellschaft an die Anteilseigner ausschüttet«, dozierte Frau Helbing. »Die Höhe der Zahlung wird auf der jährlich stattfindenden Hauptversammlung festgelegt.«

Das hatte sie von Heide gelernt, und jetzt wollte sie mit ihrem Fachwissen ein bisschen angeben.

»Genau«, sagte Herr Flumm. »Sie kennen sich aus.«

Pitt sah Frau Helbing staunend an.

»Die Party fand aber bald ein jähes Ende«, fuhr Herr Flumm fort. »2000 gab es den großen Absturz. Ich glaube 2003 hat man den Neuen Markt dann beerdigt. Für die meisten Anleger war das ein Desaster. Ein Totalverlust.«

»Vielleicht hat Fiete auch geglaubt, sein Geld wäre verloren, und hat das Depot einfach vergessen«, sagte Frau Helbing.

Dann hakte sie interessiert nach: »Was für Aktien besitzt Herr Jacobsen überhaupt?«

»Erstaunlicherweise hat er in nur eine einzige Firma investiert«, sagte Herr Flumm. »Aber in eine der wenigen, die den Neuen Markt überlebt haben. Morphosys. Das ist ein biopharmazeutisches Unternehmen, das …«

»Morphosys!«, rief Frau Helbing so laut, dass Herr Flumm und Pitt zusammenzuckten. »Morf! Das ist die Lösung!« Frau Helbing strahlte über das ganze Gesicht.

»Versteht ihr? Morf! Frau Fischer wollte mich auf die Aktien aufmerksam machen.«

Frau Helbing stand auf, ging schnellen Schrittes um den Schreibtisch herum und beugte sich über Herrn Flumms Schreibtisch.

»Zeigen Sie mir bitte mal den Kursverlauf«, sagte sie und ließ keinen Zweifel daran, dass sie jetzt keine Widerrede duldete.

Der Filialleiter rief den Chart der Aktiengesellschaft auf und rollte mit seinem Stuhl zur Seite, um Frau Helbing nicht im Weg zu sein.

»Aha«, murmelte Frau Helbing.

Sie hatte noch nie die graphische Darstellung eines Aktienkurses gesehen. Eigentlich wusste sie nicht so recht etwas damit anzufangen, wollte sich aber keine Blöße geben.

»Wie interpretieren Sie das?«, fragte sie Herrn Flumm forsch.

»Sehen Sie diesen Ausschlag hier?«

Herr Flumm zeigte mit dem Finger auf den Bildschirm. »Von Mitte 99 bis Mitte 2000 hat die Aktie ungefähr das Fünfzehnfache an Wert gewonnen. Herr Jacobsen war tatsächlich Millionär. Also in D-Mark. Aber nur kurz, denn dann kam der Absturz deutlich unter den Einstandskurs. Aber Morphosys ging nicht pleite wie so viele andere Firmen. Über die Jahre hat sich die Aktie berappelt. Und heute zahlt man wieder weit mehr als das Zehnfache des damaligen Kurses.«

Herr Flumm hob den Zeigefinger.

»Und den Gewinn kann man steuerfrei realisieren. Die Kapitalertragssteuer von fünfundzwanzig Prozent entfällt, weil die Aktien vor 2009 gekauft wurden.«

Frau Helbing nickte wissend, obwohl sie den letzten Satz nicht verstanden hatte. Eine Kapitalertragssteuer hatte Heide nicht erwähnt. Das war aber auch egal. Hier lag eine Menge Geld, und irgendjemand wollte das haben. Wie auch immer er das anzustellen gedachte. Nach Frau Helbings Meinung bestand jetzt dringender Handlungsbedarf.

»Wir müssen das Geld sichern«, sagte sie.

»Das Geld sichern?« Herr Flumm sah sie fragend an.

»Also die Aktien«, korrigierte sich Frau Helbing. »Die Aktien müssen geschützt werden.«

»Vor wem denn?«, fragte Herr Flumm.

Frau Helbing wusste nicht, was sie antworten sollte. Es war ein Stochern im Dunkeln. Ein Gefühl. Die Intuition einer Krimileserin, die ihr zum Handeln riet. Ihr Lieblingsermittler Inspektor Murphy hatte aus einem ähnlichen Gefühl heraus mal gesagt: »Wenn ich mich in diesem Fall irre, dürfen Sie mir die rechte Hand abschneiden.«

Frau Helbing überlegte, ob sie auch mal so einen Satz raushauen sollte, aber erstens würde eine solche Formulierung bei ihr aufgesetzt wirken, und zweitens hing sie auch an ihrer Hand. Die Möglichkeit, dass sie sich irrte, war immerhin in Betracht zu ziehen.

»Wir machen Folgendes«, sagte sie, den Einwand Herrn Flumms ignorierend. »Wir übertragen das Depot auf Herrn Schröter. Und zwar als Alleinverfügungsberechtigten.«

Herr Flumm sah sie erstaunt an.

»Mit Verlaub, Frau Helbing, aber Sie können hier schon mal gar nicht handeln. Und ob Herr Schröter das Depot überschreiben will, ohne Herrn Jacobsen zu fragen, liegt natürlich in seinem Ermessen.«

»Aber er kann es machen«, stellte Frau Helbing fest.

Herr Flumm wand sich sichtbar. Er machte ein verkniffenes Gesicht, und sein Kopf bewegte sich bedächtig von links nach rechts.

»Ja«, sagte er schließlich.

Was hätte er auch anderes sagen sollen. Eine Vollmacht war eine Vollmacht.

Jetzt warf Frau Helbing Pitt einen strengen, durchdringenden Blick zu, der selbst einen Scharfrichter das Fürchten gelehrt hätte.

»Was meinst du?«, fragte sie und sah ihm unentwegt in die Augen. »Sollten die Aktien nicht auf dich übertragen werden?«

»Also, äh«, begann Pitt zu stammeln. »Natürlich. Das Dings, dieses Depot, überschreiben wir auf mich.«

Er nickte, um seine Aussage zu unterstreichen.

Herr Flumm blies die Backen auf.

»Na gut«, sagte er. »Wenn Sie das wünschen.«

Er war eine Weile beschäftigt, druckte Formulare aus und verlangte mehrere Unterschriften von Pitt.

»So«, sagte er schließlich, »das ist jetzt Ihr Depot. Ich hoffe, Sie wissen, was Sie machen.«

Den letzten Satz hatte er an Frau Helbing gerichtet. Es war ihm anzumerken, dass er mit Frau Helbings Vorgehen nicht einverstanden war. Hinter dem Rücken des Inhabers ein Depot zu überschreiben empfand Herr Flumm als höchst unseriös. Daraus machte er keinen Hehl. Dem lustigen Pitt war auch nicht wohl in seiner Haut. Nervös knetete er seine Hände.

»Sollte ich mich geirrt haben«, sagte Frau Helbing, »kommen wir nächste Woche wieder und machen alles rückgängig. Das verspreche ich Ihnen.«

Ein bisschen nervös war sie jetzt auch. Sechshundertachtzigtausend Euro! Normalerweise trug Frau Helbing nur Verantwortung für ihre bescheidene Rente.

»Rufen Sie mich bitte vorher an. Hier ist meine Nummer«, sagte Herr Flumm kurz angebunden und reichte Frau Helbing eine Visitenkarte.

14

Frau Helbing! Was ist denn jetzt schon wieder passiert? Bleiben Sie ganz ruhig«, rief Herr Aydin besorgt. »Setzen Sie sich bitte, ich bringe Ihnen einen Tee.«

»Gerne«, stöhnte Frau Helbing und ließ sich erschöpft auf ihren Hocker fallen, während Herr Aydin ihren Mantel auf einen Bügel hängte und zu seinem Caydanlik, dem türkischen Teekocher, eilte. »Ich weiß gar nicht, wo ich anfangen soll.«

Nach ihrem Termin bei Herrn Flumm war sie auf direktem Weg in die Änderungsschneiderei gegangen. Sie konnte es nicht erwarten, Herrn Aydin die Ereignisse der letzten Tage zu erzählen. Auch um selbst alles noch mal einordnen zu können. Frau Helbing fragte sich, wann sie das letzte Mal hier gewesen war. Wahrscheinlich am Freitagvormittag.

Du meine Güte, dachte sie. Nur drei Tage. Was seither alles passiert war. Fiete war verschwunden, Frau Kramny erschossen und ein Aktiendepot umgeschrieben worden. Normalerweise plätscherte ihr Leben in ruhigem Fahrwasser vor sich hin. Da war es schon ein Ereignis, wenn der Föhn, den sie vor dreißig Jahren bei Hertie gekauft hatte, kaputtgegangen war oder der Zahnarzt eine neue Brücke einsetzen musste. Und jetzt gab es plötzlich Aufregung in ihrem Leben wie bei James Bond.

»Geschüttelt, nicht gerührt«, hätte sie am liebsten

zu Herrn Aydin gesagt, der mit einem frisch gefüllten Teeglas aus dem Hinterzimmer kam.

Der Schneider sah sehr beunruhigt aus.

»Geht es Ihnen gut?«, fragte er und zog sich einen Hocker heran.

Frau Helbing nickte lächelnd.

»Tolle Jacke«, sagte sie.

»Oh«, Herr Aydin sah überrascht an sich herunter. »Eine Strickjacke aus naturgefärbtem Dochtgarn mit Ahornknöpfen. Ein bisschen rustikal. Es freut mich, wenn sie Ihnen gefällt.«

»Sie wissen sich immer gut zu kleiden«, sagte Frau Helbing mit einem anerkennenden Augenaufschlag.

Herr Aydin musterte sie intensiv. Frau Helbing wirkte ein bisschen überdreht.

»Soll ich einen Arzt rufen?«, fragte er.

»Auf keinen Fall!«, rief Frau Helbing. »Ich bin völlig gesund. Aber wenn ich Ihnen erzähle, was über das Wochenende alles passiert ist, werden Sie staunen.«

»Wenn ich Sie so ansehe, kann ich mir vorstellen, dass so einiges passiert ist. Sie machen einen, mit Verlaub, aufgewühlten Eindruck.«

»Das kann man so sagen«, gab Frau Helbing zu und nahm einen Schluck Tee.

Dann begann sie der Reihe nach die Vorkommnisse der letzten Tage aufzuzählen. Herr Aydin hörte aufmerksam zu. Entgegen seiner Gewohnheit fuhr er nicht mit seiner Arbeit fort, sondern blieb neben Frau Helbing sitzen. Gebannt hörte er sich die Geschichte an, wie Fiete plötzlich verschwunden war, die Heimleiterin erschossen in ihrem Büro lag und Herr Borken Unmengen an

Rührei verputzt hatte. Außerdem gab Frau Helbing mit ihrem Fachwissen über Aktien und den Neuen Markt an, um auf das Depot mit Morphosys-Aktien im Wert von sechshundertachtzigtausend Euro zu kommen, das sie schließlich, einer Eingebung folgend, mit Pitts Hilfe gegen einen illegalen Zugriff gesichert hatte. Nach ihrem Monolog war Frau Helbings Mund so trocken, dass sie das Glas Tee mit einem Zug leerte.

Herr Aydin war von ihren Ausführungen beeindruckt.

»Alle Achtung«, sagte er. »Was Sie an diesem Wochenende erlebt haben, reicht als Stoff für einen ganzen Krimi.«

»Ja«, stöhnte Frau Helbing. »Nur, wenn ich der Autor wäre, wüsste ich bereits, wie die Geschichte ausgeht.«

»Das stimmt natürlich«, sagte Herr Aydin, »wäre aber nicht so interessant. Es reizt Sie ja gerade, Stück für Stück Licht ins Dunkel zu bringen. Und bald werden Sie für alles eine Erklärung haben. Letzte Woche wussten Sie noch nicht, was Morf bedeuten soll, und jetzt haben Sie dieses Rätsel bereits gelöst.«

»Mir wäre es aber lieber, wenn ich wüsste, wo Fiete steckt«, sagte Frau Helbing. »Diese Ungewissheit ist schwer zu ertragen. Hätte ich die Männer nicht alleine gelassen, wäre das nicht passiert.«

»Geben Sie sich bitte keine Schuld«, sagte Herr Aydin. »Sie haben sich kein Fehlverhalten vorzuwerfen. Ganz im Gegenteil. Ihre Idee war es, zwei Freunde wieder zu vereinen und einem alten Kapitän einen schönen Nachmittag zu schenken. Das war eine großartige Geste! Und wo immer Fiete jetzt auch ist, er wird es Ihnen danken. Ganz bestimmt.«

Frau Helbing war froh, Herrn Aydins beruhigende Stimme zu hören. Überhaupt fühlte sie sich hier immer geborgen. Nicht nur, weil der Schneider sich geduldig ihre Sorgen anhörte. In diesen Räumen hatte sie mehr Zeit verbracht als an irgendeinem anderen Ort. Was waren das für Zeiten gewesen, als Frau Helbing bereits um sechs Uhr morgens angefangen hatte, Brötchen zu schmieren und die Wursttheke herzurichten. Und dann musste abends nach Ladenschluss alles geputzt und aufgeräumt werden. Dabei war gut und gerne eine zusätzliche Arbeitsstunde vergangen. Manchmal hatte sie das Gefühl, tief in diesem Mauerwerk verwurzelt zu sein wie eine alte Eiche in ihrer angestammten Umgebung.

»Wahrscheinlich haben Sie recht«, sagte Frau Helbing. »Ich hatte nur gute Absichten. Trotzdem möchte ich den Käpten so schnell wie möglich finden. Und ich habe auch schon eine Idee, wie ich in dieser Sache weiterkomme.«

»Daran habe ich keine Sekunde gezweifelt«, sagte Herr Aydin.

Frau Helbing beugte sich verschwörerisch vor.

»Wissen Sie, was ich mich schon seit einer ganzen Weile frage?«, sagte sie. »Wer sich um Fiete gekümmert hat, bevor Frau Fischer seine Betreuerin wurde.«

»Wie lange war Frau Fischer denn als Betreuerin tätig?«, fragte Herr Aydin.

»Gerade mal eine Woche.« Frau Helbing hob vielsagend den Zeigefinger. »Nur eine Woche«, wiederholte sie.

»Verstehe«, sagte Herr Aydin sofort. »Sie würden gerne mit der Vorgängerin oder dem Vorgänger sprechen.«

Frau Helbing nickte.

»Genau. Wer immer zuständig war, hatte doch Einblick in die Finanzen, wusste über die Zustände im Heim Bescheid, kannte Fietes Gesundheitszustand und sein Verhältnis zur Leiterin. Kurzum, da muss jemand sein, der viele meiner Fragen beantworten kann.«

»Das ist eine sehr gute Überlegung«, sagte Herr Aydin anerkennend. »Sie würden Informationen aus erster Hand erhalten, die Ihnen vielleicht weiterhelfen.«

Frau Helbing zog die Stirn in Falten.

»Die Frage ist nur: Wie finde ich diese Person? Fiete kann ich nicht fragen, Angehörige hat er nicht, die Heimleiterin würde es mir nicht mal sagen, wenn sie noch lebte, und das Amtsgericht wird einer alten Frau keine Auskunft erteilen.«

Lächelnd fügte sie hinzu: »Nicht mal, wenn ich Eisbeinsülze oder Marmelade verschenke.«

»Ich bin mir sicher, Sie werden einen Weg finden«, sagte Herr Aydin. »Und wissen Sie was? Ich würde sogar darauf wetten.«

»Tun Sie das nicht!«, rief Frau Helbing mahnend. »Wetten ist wie Glücksspiel. Damit kann man sich ruinieren.«

Herr Aydin lächelte.

»Keine Angst, Frau Helbing. Ich wette nie. Das habe ich nur gesagt, um zu unterstreichen, wie sehr ich an Sie glaube.«

Er nahm Frau Helbing das leere Glas aus der Hand.

»Möchten Sie noch einen Tee?«, fragte er.

»Oh nein.«

Frau Helbing hob abwehrend die Hand. »Ich habe Sie schon viel zu lange von der Arbeit abgehalten.«

Sie erhob sich aus ihrem Stuhl und wartete auf den

Schneider, der ebenfalls aufgesprungen war, um ihren Mantel zu holen.

Sie liebte Herrn Aydin. Er war ein echter Gentleman. Diese Aufmerksamkeit, diese Zuvorkommenheit, diese Umsicht. Frau Helbing wusste das so sehr zu schätzen. Das hatte sie sich immer von ihrem Mann gewünscht. Hermann war da aber anders gewesen. Irgendwie schwerfälliger in Sachen Aufmerksamkeit. Bevor die Zentralheizung eingebaut worden war, hatte er sie im Winter oft in den Keller gehen lassen, um Kohlen zu holen. Aber er war ihr treu geblieben und hatte sie immer gut behandelt. Mehr konnte man von Männern nicht erwarten, fand Frau Helbing. Alles andere war ihrer Meinung nach nur in Märchen zu finden.

Nachdem sie sich verabschiedet hatte, machte Frau Helbing einen kleinen Umweg über die Schlüterstraße. Sie redete sich ein, an der klaren Luft noch ein bisschen nachdenken zu wollen, aber insgeheim stand ihr Entschluss, das Haus Buchenhain aufzusuchen, bereits fest. Man konnte es drehen und wenden, die einzige Chance, etwas über die ehemalige Betreuerin oder den Betreuer von Fiete herauszufinden, war, Birte zu fragen. Die wusste das mit hoher Wahrscheinlichkeit, und Frau Helbing hegte große Hoffnung, über diesen Weg wertvolle Informationen zu erhalten. Jetzt oder nie, dachte sie und bog in die Hallerstraße ein.

Als Frau Helbing sich dem Heim näherte, sah sie zwei Polizisten vor der Tür. Sie verlangsamte ihre Schritte. Ein Altersheim zu bewachen wirkte im ersten Moment überzogen. Aber der Mord an einer Frau aus einem Zeugenschutzprogramm hatte bestimmt eine weitreichende

Sicherung des Gebäudes nach sich gezogen. Herr Aydin hatte recht. Was sich hier abspielte, war wirklich genug Stoff, um einen Krimi zu schreiben.

Frau Helbing bewegte sich selbstbewusst auf den Haupteingang zu und wurde nach einer kurzen Musterung durch die Ordnungshüter durchgewunken.

Als sie auf den großen Empfangstresen zuging, spürte sie eine gedrückte Stimmung. Birte strahlte nicht wie gewohnt, sondern hatte einen kummervollen Gesichtsausdruck aufgesetzt. An ihrem Schlupfkasack trug sie eine schwarze Schleife. Frau Helbing entdeckte eine Kerze und ein Kondolenzbuch im Eingangsbereich. Die Trauer über den Tod der Heimleiterin schien sich im ganzen Gebäude ausgebreitet zu haben. Obwohl die Heizung bestimmt nicht anders eingestellt war als sonst, hatte Frau Helbing den Eindruck, es sei kühler.

»Guten Tag, Frau Helbing«, sagte Birte und rang sich ein Lächeln ab, was nicht so recht gelingen wollte.

»Es muss schrecklich für Sie gewesen sein«, sagte sie.

»Ja, Birte«, sagte Frau Helbing. »Aber ich bin immer noch guter Dinge, dass er wieder auftaucht.«

»Dass er wieder auftaucht?«, fragte Birte irritiert. »Ich meine, es muss schrecklich gewesen sein, als Sie Frau Kramny gefunden haben.«

Sie zitterte ein bisschen, als sie anfügte: »Erschossen. In ihrem eigenen Blut liegend.«

»Oh ja!«, rief Frau Helbing. »Schrecklich.«

Dass sie es total interessant gefunden hatte, ein Einschussloch im menschlichen Schädel mal genauer unter die Lupe nehmen zu können, wollte sie jetzt besser nicht erwähnen.

»Und zu allem Überfluss wird auch noch Herr Jacobsen vermisst«, sagte sie stattdessen.

Unbedingt wollte sie auf ihr eigentliches Anliegen aufmerksam machen.

»Sie wissen, dass Fiete ein guter Freund meines Mannes war. Es ist furchtbar. Nicht zu wissen, wo er ist, raubt mir den Schlaf.«

»Das kann ich gut verstehen«, pflichtete ihr Birte bei. »Wir sind auch sehr besorgt.«

»Ich denke oft, Frau Fischer könnte uns helfen, Fiete zu finden. Vielleicht hätte sie eine Idee, was passiert sein könnte. Aber fragen kann man sie ja nicht mehr.«

Sie ließ den Satz kurz im Raum stehen, bevor sie zum eigentlichen Thema kam.

»Wer war eigentlich früher für Herrn Jacobsen zuständig? Also bevor Frau Fischer die Betreuung übertragen wurde.«

»Frau Kramny«, sagte Birte.

»Frau Kramny?«, sagte Frau Helbing erstaunt. »Ist es nicht ungewöhnlich, dass die Heimleitung Betreuungsaufgaben wahrnimmt?«

»Das hat sie nur übergangsweise gemacht«, sagte Birte. »Ein paar Wochen vielleicht. Herr Jacobsens langjähriger Betreuer, Herr Waldemar, hatte einen Schlaganfall erlitten. Da muss jemand kurzfristig einspringen, bis die Nachfolge geregelt ist. Sobald Frau Fischer vom Amtsgericht bestellt war, hat Frau Kramny die Verpflichtungen wieder abgegeben.«

»Lief das reibungslos?«, fragte Frau Helbing interessiert.

»Wie meinen Sie das? Reibungslos.«

»Nun, ich hatte das Gefühl, die beiden Damen waren sich nicht freundschaftlich zugeneigt. Vielleicht lag der Grund für dieses Zerwürfnis in einem Kompetenzgerangel bei der Übergabe.«

»Dazu kann ich Ihnen nichts sagen. Außerdem sind beide Frauen tot.«

Birte hatte einen empörten Unterton in der Stimme.

»Entschuldigung«, sagte Frau Helbing. »Sie haben recht.«

Der Angestellten schien der Tod der Heimleiterin sehr zu Herzen gegangen zu sein. Frau Helbing wollte sie auf keinen Fall vor den Kopf stoßen.

»Und dieser Herr Waldemar?«, hakte sie dennoch vorsichtig nach. »Meinen Sie, den könnte ich vielleicht kontaktieren?«

»Oh, keine Ahnung. Da kann ich Ihnen nicht weiterhelfen.«

Birte war jetzt kurz abgebunden. Sie hatte offensichtlich keine Lust, ausgefragt zu werden.

Frau Helbing hatte auch keine Hoffnung, viel Neues in Erfahrung zu bringen. Es war vielleicht eine zu hohe Erwartung gewesen, durch ein Gespräch mit Birte an Informationen zu gelangen. Und alle Fragen, die sie beschäftigten, mit einem ehemaligen Betreuer zu klären, war auch verwegen gewesen. Durch die große Glasscheibe sah sie, wie sich der Gemeinschaftsraum mit Heimbewohnern füllte. Frau Helbing hatte völlig die Zeit aus den Augen verloren. Anita verteilte mechanisch Teller auf den Tischen. »Vollkost, Schonkost, Vegetarisch«, sagte sie dabei mit monotoner Stimme.

»Ist es schon Mittag?«, fragte Frau Helbing.

»Ja, es ist gleich zwölf. Apropos Mittagessen.« Birte stand auf und öffnete die Tür eines Wandschranks. »Hier. Ich glaube, das gehört Ihnen.«

Sie stellte den Henkelmann aus Alu auf den Tresen, in dem Frau Helbing den Labskaus für Fiete transportiert hatte.

»Wo haben Sie den denn gefunden?«, fragte Frau Helbing.

»Bei Frau Prünnel. Die Frau ist eine Elster. Wenn die Putzkraft Montagmorgens die Zimmer reinigt, findet sie bei Frau Prünnel immer etwas. Heute war es Herrn Jacobsens Schrumpfkopf, zwei Salzstreuer aus der Küche und dieser Topf. Ach ja, und zwei Frösche hüpften auch noch in der Schublade des Nachtschranks rum.«

»Sieh mal einer an.« Frau Helbing lächelte. »Frau Prünnel hat den Schrumpfkopf gemopst.«

»Ja, und nicht zum ersten Mal. Der scheint es ihr angetan zu haben. Ich persönlich finde das Ding ja widerlich.«

»Jedenfalls ist er nicht in falsche Hände geraten«, stellte Frau Helbing erleichtert fest. Ob so ein Fetisch magische Kräfte hat, kann man nie genau wissen, dachte sie.

»Ich muss jetzt aber los«, sagte sie.

Frau Helbing beeilte sich, nach Hause zu kommen. Zwölf Uhr und kein Mittag auf dem Tisch, wo gibt's denn so was?, tadelte sie sich selbst.

15

Frau Helbing war keine zwei Meter von ihrer Haustür entfernt, als neben ihr etwas auf den Boden fiel.

»Bitte nicht schon wieder«, dachte sie im ersten Moment. Sofort breitete sich Gänsehaut auf ihren Armen aus. Die Erinnerung an Frau Fischers Sturz war noch immer sehr präsent. Es handelte sich aber glücklicherweise nur um ein nasses grünes Schwammtuch, das mit einem satten Platsch auf dem Bürgersteig gelandet war.

Frau Helbing ließ ihren Blick die Hausfassade hinaufwandern. Im dritten Stock ragte Herr Paulsens Kopf über eine Fensterbank.

»Entschuldigung!«, rief er. »Ich komme sofort!«

Dann war er verschwunden.

Frau Helbing hob das Putztuch auf und betrat den Hausflur. Als ihr auf halber Treppe Herr Paulsen entgegenkam, staunte sie nicht schlecht. Ihr Nachbar trug eine blau gemusterte Kittelschürze ohne Arme mit Rüschenband und weißer Knopfleiste. Ob er darunter vollkommen nackt war, konnte Frau Helbing nicht mit Sicherheit sagen, aber seine Arme und Beine waren irritierenderweise unbekleidet. Nicht mal Schuhe hatte er an.

»Herr Paulsen!«, sagte sie und konnte ihr Erstaunen nicht verbergen.

»Hallo, Frau Helbing. Das Tuch ist mir aus der Hand gefallen. Ich putze gerade die Fenster.«

Frau Helbing hielt ihm wortlos den Lappen hin. Sie wusste nicht, was sie sagen sollte.

»Die Schürze ist von meiner Frau«, sagte Herr Paulsen, der Frau Helbings verdatterten Blick bemerkt hatte. »Hab ich im Schrank gefunden.«

»Ich wäre auch ehrlich überrascht, wenn Sie in der Damenabteilung eingekauft hätten«, sagte Frau Helbing, die sich wieder gefangen hatte.

»Darf ich Ihnen was sagen?« Ohne eine Antwort abzuwarten, sprach Herr Paulsen weiter. »Ich glaube, das kann ich viel besser als meine Frau. Also Fenster putzen.« Er wirkte sehr zufrieden mit sich und seiner neuen Aufgabe.

Das wundert mich nicht, dachte Frau Helbing, sagte aber: »Es ist immer schön, wenn man neue Talente an sich entdeckt.«

Sie wäre jetzt gerne in ihre Wohnung gegangen, aber Herr Paulsen stand mittig auf der Treppe und war mitteilungsbedürftig.

»Wenn das Licht erst wieder ungetrübt in meine Wohnung fällt, werde ich auch umdekorieren«, sagte er. »Ich war ja oft dabei, wenn Kunstwerke unterschiedlichster Art im Museum aufgehängt oder platziert wurden. Wissen Sie, dass diese Tätigkeit manchmal Wochen in Anspruch nimmt? Die Direktion, der Kurator und manchmal der Künstler selbst diskutieren, ja streiten oft, auf welche Höhe ein Gegenstand gehängt werden sollte. Da geht es um Zentimeter. Das ist faszinierend. Wirklich. Aber es lohnt sich.«

Er zog die Augenbrauen hoch und schüttelte konsterniert den Kopf.

»Und was machen wir zu Hause? Also an dem Ort, der uns eigentlich der allerwichtigste sein sollte? An dem wir uns nicht nur wohl und geborgen, sondern auch inspiriert fühlen sollten?«

Er sah Frau Helbing erwartungsvoll an. Die sagte aber nichts. Sie hatte Hunger und wäre gerne an ihm vorbeigegangen, um sich den Rest des Kaninchens aufzuwärmen und in Ruhe zu essen.

»Wir ruinieren unsere Umgebung, indem wir Nägel in die Wand schlagen, um Familienfotos in kleinen Goldrahmen aufzuhängen«, fuhr Herr Paulsen fort. »Oder wir stellen in China gefertigte Buddelschiffe auf die Kommode und bilden uns ein, ein maritimes Original werte unser Wohnzimmer auf. Aber am schlimmsten sind Sammelteller. Bei uns hängt der ganze Flur damit voll. Also er hing damit voll. Ich habe sie in die Mülltonne geworfen. Alle! Es fühlt sich so befreiend an!«

Er schien sehr zufrieden mit sich zu sein.

»Ich würde jetzt gerne etwas essen«, sagte Frau Helbing und erklomm eine weitere Stufe, sodass sie direkt vor Herrn Paulsen stand.

»Oh, natürlich.«

Herr Paulsen gab den Weg frei, folgte ihr aber auf dem Fuße. Im Gehen dozierte er weiter. Von Zwängen, denen man sein ganzes Leben unterworfen sei, redete er. Er scheint sich gerade in einem Befreiungsprozess zu befinden, dachte Frau Helbing. Wahrscheinlich fängt er bald an, diese schreckliche Musik mit den englischen Texten zu hören. Wie die Hippies in den Sechzigern. Vielleicht lässt er sich auch die Haare wachsen und raucht demnächst Haschisch.

Als sie auf ihrem Treppenabsatz angekommen war, beeilte sich Frau Helbing, ihre Wohnungstür aufzuschließen. Sie brauchte jetzt etwas Ruhe, und Herr Paulsen redete ohne Pause. Eigentlich gönnte sie ihm das. Ein Leben lang hatte er schweigend im Museum gesessen oder vor Brutkolonien gestanden, und jetzt mussten ganz viele Wörter, die sich angestaut hatten, einfach mal raus.

In der Tür drehte sich Frau Helbing aber doch noch einmal um und unterbrach Herrn Paulsen mit der Frage: »Wissen Sie zufällig, was Herr Geiger am Wochenende gemacht hat?«

»Herr Geiger ist tot«, sagte Herr Paulsen.

»Wie bitte?!« Frau Helbing entglitten die Gesichtszüge. »Sie machen einen Scherz.«

»Nicht mit dem Tod«, sagte Herr Paulsen.

Er schien plötzlich wieder ganz ernst.

»Samstag, am späten Abend«, erzählte er. »Ich habe meine Frau ins Bett gebracht und noch eine Zeitschrift gelesen. Als ich dann aus dem Heim ging, stand der Leichenwagen von Bestatter Lehmann in der Einfahrt. Da bin ich noch mal zurück und habe selbst gesehen, wie der Sarg aus seinem Zimmer getragen wurde.«

»Am Samstag?«, murmelte Frau Helbing. »Später Abend.«

Da hatte sie selbst in Fietes Bett gelegen und geschlafen, fiel ihr ein. Offensichtlich so tief, dass sie nicht mitbekommen hatte, was sich im Zimmer nebenan abspielte.

»Übrigens«, sagte Herr Paulsen. »Ich darf Sie an den versprochenen Labskaus erinnern. Da Herr Geiger und Frau Kramny nicht mehr leben, kann ich auch keine weiteren Beobachtungen anstellen.«

»Natürlich«, sagte Frau Helbing. »Ich halte meine Versprechen. Nur, jetzt müssen Sie mich entschuldigen. Ich bin wirklich hungrig.«

Sie schloss die Tür hinter sich und blieb eine Weile lang regungslos stehen. Jetzt ist auch noch Herr Geiger tot, dachte sie. Als wäre in den letzten Tagen nicht schon genug passiert. Irgendwie schien ein Fluch über dem Haus Buchenhain zu liegen. Am schlimmsten aber war die Tatsache, dass ihr der Hauptverdächtige abhandengekommen war. Das machte sie völlig ratlos. In welche Richtung sollte sie jetzt nach einem Mörder suchen? Frau Prünnel würde wohl kaum um sich geschossen haben.

Schließlich zog Frau Helbing ihren Mantel aus und ging in die Küche, um die Reste des Vortages aufzuwärmen.

Die ganze Zeit kreisten ihre Gedanken um die Todesfälle der letzten Woche. Sie konnte kein Muster entdecken. Wenn die Vorkommnisse etwas miteinander zu tun hatten, sollte es Parallelen geben. Aber wo waren die?, fragte sich Frau Helbing. Angenommen Frau Kramny, oder wie immer ihr echter Name gewesen war, wäre aus Rache ermordet worden. Weil sie mit ihrer Aussage vor Gericht jemanden ans Messer geliefert hatte. Das schien plausibel zu sein. War Frau Fischer vielleicht auch mal als Zeugin geladen gewesen? Vielleicht sogar in einem Zeugenschutzprogramm? Das hatte die Polizei bestimmt geprüft. Eventuell lag hier eine Verwechslung vor? Vielleicht hatte ein Auftragskiller versehentlich Frau Fischer aus dem Fenster gestoßen, in der Annahme, es handelte sich um seine Zielperson. Auch ein Mörder war nicht unfehlbar. Und nachdem er seinen Irrtum bemerkt hatte, war er zurückgekommen und hatte die Heimleiterin erschossen.

Herr Geiger als Doppelmörder zum Beispiel. Das hätte Frau Helbing gut gepasst. Aber warum sollte jemand aus der Unterwelt ausgerechnet in einem Heim wohnen? Bevorzugten die nicht immer Villen oder zumindest ein Sterne-Hotel? Frau Helbing hatte schon so viele Krimis gelesen. Solche Leute setzten sich nicht mit zwanzig Rentnern in einen Speisesaal und aßen Schonkost. Normalerweise kamen die vorbei, erledigten ihren Job und verschwanden wieder.

Frau Helbing füllte einen Teller auf und setzte sich an den Tisch. Sie fühlte sich müde. Und der Appetit war ihr auch vergangen. Heute Morgen noch hatte sie gedacht, in Kürze alle Fragen beantworten zu können. Der Besuch bei der Bank hatte sie geradezu euphorisch gestimmt. Endlich hatte sie das Geheimnis um Frau Fischers letztes Wort geklärt. Aber jetzt, nur wenige Stunden später, schienen weitere Lösungen entfernter zu sein denn je. Im Prinzip stand Frau Helbing vor dem Nichts. Und trotzdem drängten sich tausend Fragen in ihrem Kopf nach vorn und klopften pochend an ihrer Schläfe.

Lustlos rührte sie mit der Gabel Soße unter das Kartoffelpüree. Frau Helbing hätte gerne gewusst, woran Herr Geiger gestorben war. Sie hatte es versäumt, Herrn Paulsen danach zu fragen. Aber jetzt nach oben zu gehen, um sich zu erkundigen, traute sie sich auch nicht. Wer wusste, was Herr Paulsen in seiner Wohnung gerade trieb. Eben hatte er keinen wahnsinnigen, aber einen unberechenbaren Eindruck hinterlassen. Der brauchte jetzt ein bisschen Zeit, um die Emanzipation von seiner Frau zu vollziehen.

Altersschwäche war wahrscheinlich die häufigste Todesursache in einem Altersheim, überlegte Frau Helbing, setzte aber voraus, dass man alt war. Herr Geiger hatte keinen gebrechlichen Eindruck gemacht. Ganz im Gegenteil. Er hatte kraftvoll gewirkt und schien über einen klaren Verstand zu verfügen. Frau Helbing hätte gerne das Geburtsdatum von diesem Mann in Erfahrung gebracht. Und nicht nur das. Sie hätte Herrn Geiger viel hartnäckiger durchleuchten sollen. Aber jetzt war das wohl zu spät.

Missmutig pulte sie das Kaninchenfleisch von den Knochen. Sie fühlte sich nicht ausgeglichen. Angespannt war sie. Und genau das machte sie noch viel unruhiger.

Frau Helbing erschrak, als ihr Telefon klingelte. Erst wollte sie nicht rangehen, da sie beim Essen war, aber dann fiel ihr ein, dass es sich um Informationen im Zusammenhang mit Fiete handeln könnte. Essen hin oder her, sie konnte diesen Anruf nicht ignorieren. Hoffentlich ist es ein Lebenszeichen, dachte Frau Helbing, als sie in den Flur ging. Vielleicht ist der Käpten schon wieder wohlbehalten zurück im Heim.

»Helbing«, meldete sie sich und hoffte inständig auf eine gute Nachricht.

Es antwortete niemand.

»Hallo?«, fragte Frau Helbing nach.

Ein gleichmäßiges Atmen war alles, was sie hören konnte.

Die Entführer!, schoss es ihr durch den Kopf. Sie ließ sich auf den Stuhl sinken, der hier seit der Zeit stand, als noch ein Wählscheibentelefon an einem recht kurzen Kabel im Flur angebracht gewesen war.

»Geht es um Herrn Jacobsen?«, fragte sie nervös.

Bestimmt würde sie jetzt mit einer Geldforderung konfrontiert werden. Nicht durchnummerierte kleine Scheine, ein abgelegener Übergabeort. Keine Polizei. Frau Helbing kannte das zur Genüge aus ihren Krimis. Aber die Verbindung wurde einfach unterbrochen. Sie hörte nichts mehr.

»Hallo?«, fragte Frau Helbing ins Nichts und hielt noch eine ganze Weile den Hörer an ihr Ohr.

Schließlich legte sie auf.

Dieser Anruf war seltsam gewesen. Beängstigend geradezu. Vielleicht hat sich nur jemand verwählt, versuchte sie sich zu beruhigen. Trotzdem hatte sie kein gutes Gefühl. Wenn jemand eine falsche Nummer gewählt hatte, sagte er das in der Regel auch. Vielleicht sogar verbunden mit einem »Entschuldigung«, auch wenn solche Höflichkeiten in jüngster Zeit in Vergessenheit geraten waren, wie Frau Helbing oft bemerkte. Andererseits hätte ein Entführer sein Anliegen vorgetragen. Vielleicht mit verstellter Stimme, aber er hätte seine Lösegeldforderung zum Ausdruck gebracht.

Langsam ging sie zurück in die Küche. Ob der Schrumpfkopf angerufen hatte?, fragte sie sich. So ein Quatsch, dachte sie gleich darauf. Der konnte natürlich nicht sprechen, weil sein Mund zugenäht war, und er hatte auch keinen Finger zum Wählen, weshalb er sich zum Telefonieren ohnehin nicht eignete. Frau Helbing schüttelte den Kopf über ihre absurden Gedanken. Sie setzte sich an den Küchentisch und aß tapfer ihren Teller leer. Danach spülte sie das Geschirr. Das machte sie immer so. Direkt nach dem Essen. Nie ließ sie etwas auf der Anrichte stehen. So einen Schlendrian konnte sie nicht leiden. Frau

Helbing hatte schon immer Wert darauf gelegt, dass alles aufgeräumt war. Nicht nur in ihrer Küche, sondern auch in ihrem Leben. Und gerade jetzt war sie alles andere als im Einklang mit sich selbst. Eine innere Unruhe hatte sie erfasst. Als hätte sie nicht genug Sorgen, machte ihr jetzt auch noch dieser mysteriöse Telefonanruf zu schaffen.

Entschlossen, einfach zu entspannen, setzte sich Frau Helbing in ihren Ohrensessel, nahm den Inspektor-Murphy-Krimi zur Hand und atmete dreimal bewusst ein und aus. Genauso, wie Heide ihr das gestern vorgemacht hatte. Yoga und Meditation halfen nicht nur gegen Demenz, sondern brachten den Geist zur Ruhe, waren Heides Worte gewesen. Wenn Frau Helbing das richtig verstanden hatte, sollte man erst einmal alles, was sich störend auf das Wohlbefinden auswirkte, in einem Paket verschnüren und beiseitelegen. Das konnte so schwer nicht sein, dachte sie. In Gedanken packte Frau Helbing ein ziemlich großes Paket mit Frau Fischer, Fiete, der Heimleiterin, Herrn Geiger, einem Aktiendepot und dem rätselhaften Anruf. Quer obendrauf legte sie noch Herrn Paulsen.

Dann beachtete sie ihre Atmung. Ein – aus. Ein – aus. Frau Helbing war sehr zufrieden mit sich und hatte gerade vor, das Buch zu öffnen, als ihr Blick auf den Henkelmann fiel, den sie auf den Wohnzimmertisch gestellt hatte.

Den hatte sie eigentlich zusammen mit dem Geschirr abwaschen wollen. Wie ärgerlich, dachte Frau Helbing, aber sie konnte sich jetzt nicht von einem alten Alutopf ablenken lassen und schlug die Stelle auf, an der ihr Lesezeichen eingelegt war.

Inspektor Murphy hatte es bereits mit zwei toten Jockeys zu tun, die ganz offensichtlich ermordet worden waren. Es war eine auffällig hohe Summe auf das favorisierte Pferd gesetzt worden, aber nicht auf den Sieg, sondern auf den vierten Platz. Das war natürlich mehr als verdächtig.

Ob Anita den Topf nach dem Mittagessen gespült hatte?, fragte sich Frau Helbing. Sie hatte ihn gar nicht geöffnet. Enttäuscht von sich selbst, keine Konzentration aufzubringen, versuchte sie sich wieder dem Krimi zuzuwenden. Einatmen – ausatmen.

Murphy ließ von einem Tierarzt die Pferde untersuchen, um herauszufinden, ob die Galopper vielleicht mit unzulässigen Medikamenten manipuliert worden waren.

Frau Helbing schreckte auf. Nicht dass verdorbener Labskaus die Innenwand ihres über die Jahre gepflegten Kessels verklebte und sich bereits Schimmel ausgebildet hatte. Immerhin war es eine knappe Woche her, dass sie für Fiete gekocht hatte. Dann müsste sie das Gefäß natürlich erst einweichen.

Sie schalt sich erneut. Es lief nicht gut mit der Meditation. Vielleicht könnte sie sich besser konzentrieren, wenn sie aufstand und den Essensbehälter aus dem Zimmer brachte. Dann würde sie ihn aber zwanghaft öffnen müssen, um zu prüfen, ob Handlungsbedarf bestand. Einen dreckigen Topf könnte sie nicht ertragen.

Verdammt, dachte sie erzürnt. Früher habe ich doch auch einfach ein Buch gelesen. Das kann doch nicht so schwer sein.

War es aber. Nach zwei weiteren Anläufen, in die Geschichte einzutauchen, erhob sich Frau Helbing aus ihrem Sessel und griff genervt das Objekt, welches ihr offenbar die Konzentration unmöglich machte.

Sie öffnete den Verschlussbügel aus Metall und hob den Deckel ab.

Der Topf war sauber. Aber nicht leer.

»Was ist das denn?«, fragte sich Frau Helbing.

Wenige Minuten später wählte sie die Nummer von Herrn Borken.

16

Ich bin kein Spezialist, aber vermutlich handelt es sich hier um ein Original«, sagte Herr Borken. »Das werde ich selbstverständlich prüfen lassen.«

Er nahm seine Lesebrille ab, lehnte sich zurück und versuchte Kompetenz auszustrahlen. Wirklich souverän wirkte er dabei nicht, aber Frau Helbing war froh, dass er gleich gekommen war, nachdem sie ihn angerufen hatte. Erst hatte er diverse Bedenken vorgeschoben, weil Frau Schneider gerade auf einem Termin war und er nicht ohne Einverständnis seiner Vorgesetzten bei den Ermittlungen vorpreschen wollte. Frau Helbing hatte ihm aber die Dringlichkeit ihres Anliegens deutlich gemacht und vor allem auch darauf hingewiesen, dass es seiner beruflichen Laufbahn förderlich sein würde, wenn er einfach mal eine entschlossene Handlungsweise an den Tag legte und nicht immer am Rockzipfel von Kommissarin Schneider hinge. So direkt hatte ihm das wohl noch nie jemand gesagt. Jedenfalls stand er fünfzehn Minuten später schon vor Frau Helbings Wohnungstür, um ihre Entdeckung zu begutachten. Natürlich musste er erst wieder eine Weile verschnaufen, nachdem er die Treppen erklommen hatte, und als er am Wohnzimmertisch Platz nahm, glaubte Frau Helbing einen enttäuschten Blick zu bemerken, da weder Knabberzeug noch Saft bereitstanden. Frau Helbing konnte darüber nur den Kopf schütteln. Sie hatte eine Entdeckung gemacht, die vielleicht den Mord an der Heimleiterin aufklären könnte, und jetzt an Naschwerk zu denken fand sie völlig unangebracht.

Herr Borken zog hauchdünne Latexhandschuhe über, bevor er den Ausweis, den Frau Helbing in ihrem Henkelmann gefunden hatte, lange und eindringlich begutachtete. Er schien zu überlegen, was nun zu tun sei.

»Alexej Kusmin«, las er noch einmal laut den Namen des Passinhabers. »Und Sie sind sicher, diesen Mann auf dem Foto zu kennen?«

»Aber selbstverständlich bin ich mir sicher«, sagte Frau Helbing. »Unter dem Namen Geiger hat er im Haus Buchenhain gewohnt. Der ist mir gleich komisch vorgekommen. Ein Schwindler, habe ich sofort gedacht.«

»Ein Schwindler?«, fragte Herr Borken.

»Ja, ein falscher Fuffziger. Im Heim hat er den gebrechlichen alten Opa gespielt, aber in Wirklichkeit war der total fit. Das habe ich selbst beobachtet. Der konnte ohne Rollator schneller laufen als ich.«

Herr Borken blickte skeptisch.

»Na gut«, sagte er, »dann werde ich mir diesen Herrn Geiger alias Kusmin mal ansehen.«

»Oh, das hatte ich noch gar nicht erwähnt«, sagte Frau Helbing. »Herr Geiger ist am Samstag verstorben.«

Herr Borken blies Luft durch die Backen.

»Verstorben. Und was soll ich jetzt bitte schön machen?«, stöhnte er.

Frau Helbing hätte ihn gerne zurechtgewiesen. Was war denn das für eine Einstellung?, dachte sie. Hat der Mann keinen Jagdinstinkt? Keine innere Triebfeder? Er sollte sich mal fragen, warum er in der Mordkommission und nicht auf dem Bau arbeitet, fand Frau Helbing. Natürlich um diverse Verbrechen aufzuklären. Um hartnäckige Nachforschungen zu betreiben. Um Tathergänge nachzuvollziehen. Um Lösungen für ungeklärte Fragen zu finden. Deshalb.

»Das ist doch klar, was jetzt zu tun ist«, versuchte sie dem Beamten auf die Sprünge zu helfen. »Sie prüfen, ob dieser Kusmin Spuren am Tatort hinterlassen hat. Oder Sie untersuchen seine Hand nach Schmauchspuren. Oder Sie vergleichen DNA. Oder am besten alles zusammen.« Frau Helbing konnte sich richtig ereifern. »Sie können doch nicht einfach hier rumsitzen. Vielleicht können wir den Mord aufklären!«

»Wir?«, sagte Herr Borken etwas pikiert. »Ich weiß Ihr Engagement zu schätzen, aber von einer Zusammenarbeit sind wir beide noch weit entfernt. Und ob dieser Herr Kusmin tatsächlich der Mörder der Heimleiterin ist, muss sich erst noch herausstellen. So einfach ist das alles nicht, Frau Helbing. Was denken Sie denn? Erst einmal müssen wir die Leiche dieses Mannes in die Gerichtsmedizin bringen lassen. Dazu müssen wir den Toten natürlich zunächst finden. Das heißt für mich, dass ich im Heim Nachforschungen anstellen muss. So läuft Polizeiarbeit. Das geht nämlich nicht holterdiepolter wie in den Kriminalromanen, die Sie ständig lesen.«

Frau Helbing lächelte abschätzig.

»Lehmann«, sagte sie mit leichtem Triumph in der Stimme. »Bestatter Lehmann hat den Leichnam am Samstag im Haus Buchenhain abgeholt.«

»Woher wissen Sie das denn?«, fragte Herr Borken überrascht.

»Unterschätzen Sie mich nicht«, sagte Frau Helbing.

»Lehmann ist übrigens ein alteingesessenes Beerdigungsinstitut am Schlump. Frau Lehmann war Kundin in unserer Schlachterei. Seit der Sohn das Geschäft führt, hat der Ruf allerdings gelitten. Man sagt, er habe Schulden. Der alte Lehmann war seriös, aber der Kleine hatte immer schon etwas Halbseidenes an sich gehabt, wenn Sie wissen, was ich meine. Am besten fahren wir da gleich mal hin.«

»Zusammen?«, fragte Herr Borken irritiert. »*Ich* bin hier der Kriminalbeamte«, gab er zu bedenken.

»Und *ich* schiebe Ihre Karriere an«, erwiderte Frau Helbing ungerührt. »Einer muss das ja mal machen.«

Herr Borken sah sie mit großen Augen an.

»Wollen Sie ewig den Assistenten spielen?«, fragte Frau Helbing. »Nein, wollen Sie natürlich nicht«, schob sie die Antwort gleich hinterher. »Ich weiß nicht, wie alt Sie sind, Herr Borken, aber langsam wird es Zeit, aus dem Schatten von Frau Schneider herauszutreten und Verantwortung zu übernehmen. Finden Sie nicht?«

»Nun ja …« Herr Borken wusste nicht so recht, was er sagen sollte.

»Nun ja, nun ja«, äffte Frau Helbing ihn nach. »Was ist denn das für ein Wischiwaschi? Da fängt es doch schon an. Sie müssen Entscheidungen treffen. Und ein bisschen Ehrgeiz wäre auch nicht schlecht. Machen Sie mal den Rücken gerade.«

Sie stemmte beide Arme in die Hüften.

»Wir gehen jetzt zusammen zu Lehmann. Einverstanden?«

»Na gut«, sagte Herr Borken. »Aber Sie halten sich im Hintergrund.«

Er zückte sein Handy und bestellte einen Streifenwagen zu Frau Helbings Adresse.

»Wir nehmen Verstärkung mit«, sagte er in schneidigem Tonfall.

»Sehr gut«, untermauerte Frau Helbing seine Entschlossenheit.

Herr Lehmann war überrascht, als Herr Borken ihm seinen Dienstausweis unter die Nase hielt und die beiden uniformierten Polizisten bat, vor der Tür Stellung zu beziehen.

»Darf ich nach dem Grund für Ihr, wie soll ich sagen, überfallartiges Eindringen in meine Lokalität fragen?«, sagte er mit einem gereizten Unterton in der Stimme.

»Von Überfall kann hier keine Rede sein, Herr Lehmann«, erklärte Herr Borken in ruhigem Tonfall. »Wir interessieren uns für einen Leichnam aus dem Haus Buchenhain, der vermutlich bei Ihnen in der Kühlung liegt.«

»Ach ja? Und was macht die Wurstverkäuferin hier?«

Der Bestatter warf einen abfälligen Blick auf Frau Helbing.

»Frau Helbing ist eine wichtige Zeugin«, entgegnete Herr Borken, »und Sie sollten einer älteren Dame etwas mehr Respekt entgegenbringen.«

»Sicher haben Sie einen Durchsuchungsbeschluss«, sagte Herr Lehmann ungerührt.

Herr Borken zögerte. Frau Helbing bemerkte das sofort. Jetzt nicht nachlassen, dachte sie und knuffte den Beamten mit der Faust in den Rücken. Herr Borken zuckte kurz und baute sich dann zu voller Größe auf. Er war nicht nur breit, sondern auch lang und wirkte neben Herrn Lehmann plötzlich wie ein Sumoringer.

»Passen Sie mal auf«, sagte er forsch. »Sie können mit uns kooperieren, oder wir machen das auf die harte Tour.«

Oha, dachte Frau Helbing, der kann ja auch anders.

»Ich erkläre Ihnen mal kurz, um was es hier geht. Der Mann, den Sie unter dem Namen Geiger auf Eis gelegt haben, ist wahrscheinlich Alexej Kusmin und zieht gegen Bezahlung anderen Leuten den Stecker, wenn Sie verstehen. Die Heimleiterin, die Sie unter dem Namen Kramny kennen, heißt in Wirklichkeit Anna Sobotka. Vor vierzehn Jahren hat sie gegen ein führendes Mitglied der russischen Mafia ausgesagt und wurde in ein Zeugenschutzprogramm aufgenommen. Jetzt hat sie eine Kugel im Kopf. Können Sie mir bis hierher folgen?«

Herr Lehmann nickte. Er wirkte jetzt nicht mehr so selbstbewusst. Eher überrumpelt. Vom Tod der Heimleiterin schien er nichts gewusst zu haben. Frau Helbing hatte gesehen, wie er kurz zusammengezuckt war. Sie selbst war auch überrascht. Anna Sobotka hieß die Heimleiterin also. Dass sie gegen einen russischen Mafiosi ausgesagt hatte, flößte Frau Helbing Furcht, aber auch Respekt ein.

»Dann werden Sie mir jetzt ein paar Fragen beantworten, sonst lasse ich den ganzen Laden hier auf links ziehen«, fuhr Herr Borken fort.

Er konnte richtig überzeugend sein, fand Frau Helbing.

»Wer hat den Totenschein für Herrn Geiger ausgestellt?«, fragte er, und es klang, als duldete er keine Ausreden.

Herr Lehmann kaute nachdenklich auf seiner Unterlippe.

»Kommen Sie bitte in mein Büro«, sagte er schließlich kleinlaut und öffnete eine Tür am Ende des Flurs.

Frau Helbing und Herr Borken folgten ihm in sein Arbeitszimmer, das komplett mit Möbeln aus dunkler Eiche ausgestattet war. Massive Schränke und Regale säumten die Wände. Die Beleuchtung war spärlich, und der dicke Teppich schluckte alle Schrittgeräusche. Das Büro sieht ja schon aus wie ein Sarg, dachte Frau Helbing. Ein großes Gemälde mit einer kahlen Eiche zierte die Wand hinter dem Schreibtisch. Ob der Baum wegen der Jahreszeit gerade kein Laub hatte oder kürzlich ein Waldbrand über ihn hinweggefegt war, konnte Frau Helbing schwer aus den düsteren Farben herauslesen. Das Ambiente fand sie jedenfalls bedrückend.

Erst recht, als ihr Blick an einer Broschüre hängen blieb, die in einem Prospekthalter auf der Tischplatte präsentiert wurde.

»Vorsorgen ist wichtig!«, las sie. »Ein Ratgeber mit Todesfall-Checkliste, Online-Bestattungsplaner und Beerdigungskosten-Rechner.«

Wer organisiert denn sein eigenes Begräbnis?, fragte sie sich. Alleine die Vorstellung fand Frau Helbing gruselig.

Herr Lehmann setzte sich in einen riesigen Ledersessel hinter seinem polierten Schreibtisch und wartete – nervös an einem Daumennagel kauend –, bis Frau Helbing und Herr Borken auf den Besucherstühlen Platz genommen hatten.

Dann schob er die Finger beider Hände ineinander und räusperte sich.

»Frau Kramny, oder von mir aus auch Sobotka, und ich hatten seit Jahren ein Arrangement«, begann er zu reden. »Ich habe praktisch alle im Heim Verstorbenen abgeholt und die Beerdigungen abgewickelt. Bei den Alleinstehenden sowieso, und bei den anderen hat sie die Angehörigen sanft gedrängt, die Leistungen des Instituts Lehmann in Anspruch zu nehmen. Nennen wir es eine Art Exklusivvertrag.«

»Natürlich hat Frau Sobotka eine Gegenleistung erhalten, nehme ich an«, hakte Herr Borken nach.

»Ja, eine Gewinnbeteiligung habe ich ihr stets in bar ausgezahlt.«

Herr Lehmann hatte plötzlich eine Schweißperle auf der Stirn.

»Eine Hand wäscht die andere. Sie wissen schon«, faselte er mit einem gezwungenen Lächeln.

Herr Borken nickte.

»Aber das ist es nicht, was Sie mir sagen wollen, oder?«, fragte er.

Herr Lehmann schien auf der Schwelle zu einem Geständnis zu stehen.

»Am Samstag hatte Sie mich angerufen und um einen Gefallen gebeten«, fuhr Herr Lehmann fort. »Ein Heimbewohner sei verstorben. Das an sich ist nicht ungewöhnlich, aber sie fragte, ob wir ausnahmsweise die Leichenschau umgehen könnten. Ich habe das nicht weiter hinterfragt. Offensichtlich wollte sie nicht, dass ein Arzt den Toten untersucht. Ist mir auch egal, warum.« Er machte eine abfällige Handbewegung. »Das ist alles eine Frage des Geldes, habe ich geantwortet. Und sie hat mir einen guten Preis angeboten.«

»Sie haben den Leichnam also einfach so abgeholt, ohne dass ein Arzt die Todesursache festgestellt und einen Totenschein ausgestellt hat?«, fragte Herr Borken erstaunt. »Wie wollen Sie denn ohne amtliches Dokument eine Beerdigung durchführen?«

»Von einer Beerdigung war nicht die Rede«, sagte Herr Lehmann.

Herr Borken runzelte die Stirn.

»Und den Toten wollten Sie im Keller schreddern, oder was hatten Sie vor?«

Herr Lehmann grinste.

»Ich fahre regelmäßig ins Krematorium. Den hätte ich in den nächsten Sarg einfach mit reingelegt. Ein bisschen Asche mehr oder weniger. Das merkt keiner.«

Frau Helbing schlug entsetzt die Hand vor den Mund. So ein Verbrecher, dachte sie.

Herr Borken blieb sachlich.

»Gibt es im Krematorium nicht eine zweite Leichenschau?«, fragte er.

»Wie gesagt, es ist alles eine Frage des Geldes«, wiederholte Herr Lehmann.

»Sie wollen uns also sagen, dass es keinen Totenschein gibt. Und die Leiche wollten Sie bei nächster Gelegenheit entsorgen. Machen Sie das öfter?«

Herr Lehmann schwieg.

»Solche Aussagen werden den Ruf Ihres Geschäfts nicht verbessern«, bemerkte Herr Borken.

»Was schert Sie mein Ruf? Gehen Sie jetzt bitte. Ich habe Ihnen alles gesagt. Den alten Mann nehmen Sie am besten gleich mit.«

»Sagen Sie, Herr Lehmann«, meldete sich Frau Helbing

zu Wort. »Wie alt ist der Mann eigentlich, von dem wir hier sprechen?«

»Keine Ahnung«, sagte der Bestatter. »Ich schätze ihn auf achtzig.«

»Achtzig«, murmelte Frau Helbing.

Nachdenklich rieb sie mit der rechten Hand an ihrem Kinn rum.

»Und wann haben Sie den Toten am Samstag abgeholt?«

»Das muss so um halb elf gewesen sein.«

»Herr Borken«, sagte Frau Helbing leise. »Ich habe einen schrecklichen Verdacht.«

Herr Borken sagte nichts. Er sah sie an und zog fragend die Augenbrauen hoch.

»Die ganze Zeit über hatte ich das Gefühl, hier stimmte etwas nicht. Wir gehen davon aus, dass der verstorbene Herr Geiger in Wirklichkeit Kusmin heißt und als angeheuerter Killer Frau Kramny erschossen hat. Richtig?«

Herr Borken nickte.

»Wie kann jemand, der zwischen zehn und halb elf bereits verstorben war, um zwölf Uhr Frau Sobotka erschießen? Das geht nicht zusammen.«

Herr Borken runzelte die Stirn.

»Tun Sie mir bitte einen Gefallen«, sagte Frau Helbing. »Lassen Sie sich von Herrn Lehmann den Leichnam zeigen.«

»Worauf wollen Sie hinaus«, fragte der Beamte.

Aus seinem Tonfall konnte man heraushören, dass er nachzuvollziehen suchte, was genau Frau Helbing von ihm verlangte.

»Ich glaube, der Tote hat eine Tätowierung auf dem rechten Unterarm«, sagte sie.

Eine Träne lief ihr über die Wange.

»Einen Anker«, sagte sie gefasst. »Suchen Sie nach einem Anker.«

Als Herr Borken aus dem Kühlraum zurückkam, erkannte Frau Helbing sofort an seinem Gesichtsausdruck, dass es sich bei dem Toten um Fiete handelte.

»Sie haben recht, Frau Helbing«, sagte er. »Der Mann hat einen Anker auf dem Unterarm. Und wenn ich mich nicht irre, handelt es sich um den älteren Herrn, der von Frau Fischer betreut wurde. Den habe ich schon mal im Altersheim gesehen.«

Frau Helbing nickte.

»Kapitän Jacobsen«, sagte sie. »Seit Freitag wurde er vermisst. Meine schlimmsten Befürchtungen haben sich bewahrheitet.«

»Dann ist Herr Kusmin, alias Geiger, flüchtig. Ich werde ihn umgehend zur Fahndung ausschreiben. Ihn zu fassen wird wahrscheinlich nicht einfach sein. Wer weiß, wie viele Identitäten der noch so in petto hat.«

»An der Zimmertür im Heim hängt ein großes Foto von Herrn Geiger. Vielleicht ist das hilfreich.«

»Gute Idee«, sagte Herr Borken anerkennend. Dann wandte er sich an Herrn Lehmann. »Die Polizisten bleiben hier, bis der Wagen zur Überführung des Leichnams eingetroffen ist. Und ich rate Ihnen, sich schon mal nach einem guten Anwalt umzusehen. Auf Wiedersehen.«

Frau Helbing verabschiedete sich auf der Straße von Herrn Borken. Er hatte ihr einen Platz in seinem Taxi angeboten, aber sie wollte nicht nach Hause gefahren werden, sondern spazieren. Sie brauchte dringend Bewegung. Ihre Gedanken auch. So viele Fragen wollten beantwortet werden. Was war mit Fiete passiert, nachdem er im Silbersack verloren gegangen war? Wieso wollte Frau Sobotka seinen Tod vertuschen? Und wo zum Teufel steckte dieser Kusmin?

17

Vom Schlump aus ging Frau Helbing direkt am Fernsehturm vorbei zu Planten un Blomen, ihrem Lieblingspark, der zwischen all den viel befahrenen Hauptstraßen der Hansestadt wie eine Lichtung in den Großstadtdschungel geschlagen war. Hier fand sie immer Ruhe und Erbauung und konnte gemächlich über die Wege schlendern, ohne Angst haben zu müssen, von einem dieser rücksichtslosen Radfahrer niedergestreckt zu werden, die oft über die Gehwege rasten, als gälte es, die Tour de France zu gewinnen.

Im Sommer durch diese gepflegte Anlage mit ihren mannigfaltigen Bepflanzungen zu gehen, war traumhaft schön. Ein Meer von Blüten säumte dann die Wege, und zahlreiche Insekten und Schmetterlinge machten die Beete zu farbenfrohen Wimmelbildern, an denen sich der Betrachter kaum sattsehen konnte. Jetzt im Januar befand sich die Natur in einem tiefen Winterschlaf. Kahl waren die Bäume, und die Vorstellung, dass schon bald wieder Pflanzen aus der braunen Erde wachsen würden, schien völlig utopisch zu sein.

Frau Helbing musste ununterbrochen an Fiete denken. Die ganze Zeit über hatte sie geahnt, dass er nicht mehr am Leben war, und eigentlich befreite sie die Gewissheit von einer Last, die seit Tagen auf ihre Schultern drückte. Dafür stellten sich jetzt andere Gedanken ein, die sich schwer und beklemmend anfühlten. War er etwa auch ermordet worden?, fragte sie sich. Und wäre er noch am Leben, hätte sie die Männer am Freitag nicht allein gelassen? Ersteres würde in der Gerichtsmedizin zweifelsfrei geklärt werden. Herr Borken hatte es ihr versprochen. Aber Letzteres war nicht zu beantworten. Was wäre gewesen, wenn? Diese Frage stellte sich jeder Hunderte Male im Verlauf eines Lebens, und alles, was einem daraufhin in den Sinn kam, war reine Spekulation. An unzählbaren Weggabelungen kam der Mensch über die Dekaden vorbei und entschied sich bewusst oder unbewusst zwangsläufig für eine Abzweigung. Würde man im Leben nur einmal eine andere Entscheidung getroffen haben, hätte sich praktisch alles, was danach kam, auch anders entwickelt, und man stünde nicht da, wo man eben stand, sondern meilenweit entfernt. Es war wie bei einem Uhrwerk. Wird eine Schraube angezogen, bedingt das Veränderungen im ganzen System.

Frau Helbing war aber Realistin und verdrängte die absurden Gedanken, die gerade von ihr Besitz ergriffen hatten. Fiete war nun mal tot, stellte sie nüchtern fest. Und jemand musste sich um die Beerdigung kümmern. Wer außer ihr sollte das machen? Familie hatte er ja keine, und auf Pitt war kein Verlass. Beerdigung war auch das falsche Wort. Eine Seebestattung musste organisiert werden. Der Käpten hatte sich das gewünscht. Das wusste Frau Helbing von Hermann.

»Fiete will dereinst dem Meer übergeben werden«, hatte er schon vor zwanzig Jahren gesagt. Um gleich »Meins wäre das nicht« anzufügen.

Wobei Frau Helbing nie hinterfragt hatte, warum seiner Meinung nach eine Erdbestattung dem Ozean vorzuziehen sei. Letztlich ist es doch ohnehin egal, was mit dem Körper passiert, wenn man gegangen ist, fand sie.

Wie organisierte man eigentlich eine Seebestattung? Fragen über Fragen drängten sich in ihren Kopf. Sie musste Heide nach einem seriösen Beerdigungsinstitut fragen. Nicht so ein zwielichtiges Geschäft, wie der Lehmann es führte. Oder geführt hatte. Frau Helbing konnte sich nicht vorstellen, dass dieser Betrüger weiterhin als Bestatter tätig sein durfte. Alleine für die Idee, zwei Tote in einen Sarg zu quetschen, sollte man ihm die Lizenz entziehen. Das war ein Verbrechen gegen die Menschlichkeit. Frau Helbing schüttelte sich bei dem Gedanken, man würde eine fremde Leiche auf sie drauflegen.

Als sie an den Tropengewächshäusern angekommen war, fielen ein paar Schneeflocken. Aber nur gerade so viele, dass man eine Ahnung davon bekam, wie schön eine winterliche Landschaft aussehen könnte. In Hamburg blieb der Schnee selten liegen. Und wenn, dann als Matsch. Frau Helbing öffnete die Tür zum Kakteenhaus und trat ein. Hier war es immer kuschelig warm. Ein angenehmes Klima für ältere Damen und Sukkulenten, die beide Kälte ebenso wenig mochten wie Schneefall.

Was passiert eigentlich mit dem ganzen Geld?, fragte sie sich. Fiete hatte doch keine Angehörigen, die etwas erben könnten. Am besten wäre es, alles an gemeinnützige Organisationen zu spenden. Sechshundertachtzigtausend Euro. Der Gedanke an so viel Geld ließ Frau Helbing noch immer einen Schauer über den Rücken laufen. Sie musste unbedingt mit Pitt reden. Wahrscheinlich wusste der noch gar nicht, was passiert war.

Frau Helbing fühlte sich gestresst. Heide und Pitt würde sie auf alle Fälle heute Abend noch anrufen. Und das nach diesem ereignisreichen Tag. Der Termin bei der Bank, ein Besuch bei Herrn Aydin, die Kontaktaufnahme zu Herrn Borken und schließlich Fiete im Kühlhaus von Herrn Lehmann. Das war mehr, als Frau Helbing normalerweise in einer Woche verkraften konnte.

Mittlerweile war sie bei den Palmen angekommen. Mehrere Gewächshäuser gingen ineinander über, und in diesem Gebäude war das Glasdach so hoch, dass meterhohe Bäume wachsen konnten. Das dunkle dichte Grün vermittelte dem Besucher den Eindruck, tatsächlich im Dschungel zu stehen. Manchmal, wenn sie hier durchgegangen war, hatte sie sich vorgestellt, ein Orang-Utan schwänge sich plötzlich an einer Liane von Stamm zu Stamm und landete genau vor ihren Füßen. Jetzt hatte sie für solche Phantasien keinen Kopf. Sie dachte über Frau Sobotka nach. Einerseits war sie zu bedauern. Es war bestimmt ein schweres Los, unter einem anderen Namen und mit einem angedichteten Lebenslauf zu leben. Und dazu die ständige Angst, sich zu verraten. Aber einen alten Mann einfach verschwinden zu lassen zeugte entweder von krimineller Energie, oder sie war dazu gezwungen worden. Bestimmt von diesem Kusmin. Das lag für Frau Helbing auf der Hand. Er war der Drahtzieher. Hoffentlich konnte die Polizei den bald dingfest machen. Genau genommen war er der Einzige, der auf Frau Helbings Fragen Auskunft geben konnte.

Hoffentlich versaute es der Borken nicht. Vielleicht hätte sie doch mit ins Kommissariat fahren sollen. Nur zur Sicherheit, bis die Fahndung sauber eingeleitet war.

Eigentlich hatte sich der Kommissar aber heute ganz wacker geschlagen, dachte Frau Helbing zufrieden. So viel Tatendrang hätte sie dem gar nicht zugetraut. Vielleicht wird eines Tages noch ein richtiger Ermittler aus ihm, dachte sie. Wenn er den Kusmin schnappen und den ganzen Fall klären würde, könnte er vielleicht auch mit einer Beförderung rechnen.

»Sie müssen jetzt gehen. Wir schließen«, sagte ein Mann, der plötzlich hinter ihr stand.

Frau Helbing bekam einen Schreck.

Du meine Güte, dachte sie, wo ist bloß die Zeit geblieben? Diese Grübeleien hatten sich in ihrem Kopf ausgebreitet, ohne dass sie realisiert hatte, wie weit der Tag schon fortgeschritten war. Draußen dämmerte es bereits. Der Schnee war in kalten Regen übergegangen.

Ob sie vielleicht doch mit Heide nach Mallorca fliegen sollte?, fragte sie sich. Dieses nasskalte Wetter war nichts für ihre alten Knochen. Und schon gar nichts für ihr Gemüt. Langsam, weil sie im Dunkeln nicht besonders gut sehen konnte, ging sie über die aufgeweichten Wege zum Parkausgang. Eine ehemals gute Kundin von Frau Helbing war an die Algarve gezogen. Daran musste sie immer denken, wenn ihr das Hamburger Wetter zusetzte. Ab und zu schickte die Frau eine Postkarte und schrieb, wie schön es dort sei. Auch im Winter. Temperaturen von fünfzehn Grad hatten die da. Im Januar! Frau Helbing wusste gar nicht so genau, wo diese Algarve lag. Auf alle Fälle musste das südlich von Hamburg sein. Das war sicher.

Auf dem Nachhauseweg machte sie noch einen Abstecher zu Herrn Aydins Schneiderei. Vor dem Ladengeschäft blieb sie einen Augenblick auf dem Bürgersteig stehen. Als Kind hatte sie es schon gerne gemocht, im Winter in die hell erleuchteten Schaufenster der Einkaufsstraßen zu sehen. Und bis heute hatte sich daran nichts geändert. Es war nach Frau Helbings Meinung eine der wenigen schönen Sachen, die man den frühen Abendstunden in der dunklen Jahreszeit abgewinnen konnte. Immer wieder erinnerte sie sich daran, mit ihrer Mutter durch die weihnachtlich geschmückte Mönckebergstraße spaziert zu sein. Getriedelt, wie der Hamburger sagt. Es waren wunderbare Kindheitserinnerungen. Heutzutage hatten die Kinder nach Frau Helbings Meinung viel zu viele Spielsachen. Vor allem solch elektronischen Kram, der piepste und blinkte. Wer sehnte sich denn noch nach einer einfachen Stoffpuppe?

Durch die große Scheibe sah sie Herrn Aydin hinter seinem Arbeitstisch sitzen. Um seinen Hals lag ein Maßband. Am linken Handgelenk hatte er ein Nadelkissen befestigt. Ernsthaft und konzentriert ging er seiner Arbeit nach. Frau Helbing mochte das. Es gab nichts Erfüllenderes, als einem Beruf nachzugehen, den man liebte, fand sie.

Als sie eintreten wollte, zögerte Frau Helbing. Heute Morgen erst war sie hier gewesen. Sie konnte sich nicht erinnern, den Schneider in all den Jahren zweimal an einem Tag besucht zu haben. Vielleicht würde er das als aufdringlich empfinden. Noch während Frau Helbing überlegte, sah Herr Aydin von seiner Arbeit auf, bemerkte sie vor der Glastür und kam eilig zum Eingang gelaufen.

»Frau Helbing!«, rief er. »Ist alles in Ordnung?«

Frau Helbing schüttelte den Kopf. Sie zitterte, konnte aber nicht sagen, ob vor Kälte oder Aufregung. Von ihrem Mantel tropfte der Regen. Herr Aydin musterte sie besorgt.

Sofort bat er sie, ins Warme zu kommen. Entgegen dem gewohnten Ritual wies er ihr nicht den Hocker zu, der seit Jahren für Frau Helbing bereitstand, sondern geleitete sie zu einem gepolsterten Stuhl, der hinter einer Nähmaschine stand. Als sie saß, sackte sie in sich zusammen, als hätte man ihrem Körper einen Stöpsel gezogen. Jetzt spürte sie, wie erschöpft sie war. Der Tag hatte so viel Energie gekostet. Herr Aydin rannte in die hinteren Räume und brachte ausnahmsweise keinen Tee, sondern kam mit einer in Wasser aufgelösten Vitamintablette zurück.

»Trinken Sie das«, sagte er und setzte sich ihr gegenüber.

Frau Helbing nickte nur.

»Sie sollten wirklich zu einem Arzt gehen«, sagte er, während Frau Helbing trank. »Und Ruhe brauchen Sie. Die Strapazen stehen Ihnen ja ins Gesicht geschrieben. Was ist denn passiert?«

»Fiete, der Kapitän, ist tot«, sagte sie leise.

»Das tut mir leid.« Herr Aydin seufzte. »Ich verstehe, dass Ihnen das nahegeht.«

Frau Helbing riss plötzlich die Augen auf und hob den Finger, um sich die uneingeschränkte Aufmerksamkeit des Schneiders zu sichern.

»Bei einem zwielichtigen Bestatter habe ich ihn gefunden. Aufgebahrt unter dem Namen Geiger. Aber den Geiger gibt es gar nicht.« Sie lachte kurz auf. »Der Mann heißt Alexej Kusmin und ist vermutlich ein flüchtiger Auftragskiller. Das ist alles völlig verrückt.«

Herr Aydin fand, Frau Helbing habe einen wirren Blick. Er redete mit seiner sonoren Stimme beruhigend auf sie ein.

»Frau Helbing. Sie haben glasige Augen. Darf ich meine Hand auf Ihre Stirn legen. Vielleicht haben Sie Fieber.«

Ohne eine Antwort abzuwarten, hielt er seine Finger an ihren Kopf. Er hatte Frau Helbing ins Herz geschlossen und wollte ehrlich das Beste für seine Freundin.

»Herr Aydin«, entgegnete Frau Helbing scharf. »Ich bin nicht irre.«

»Das habe ich gar nicht behauptet«, sagte Herr Aydin mit ruhiger Stimme.

»Und krank bin ich auch nicht«, setzte Frau Helbing empört nach. »Ich war praktisch noch nie krank. Mein ganzes Leben lang nicht. Gut, ab und an hatte ich mal eine Erkältung, und vor dreißig Jahren habe ich mir den Arm gebrochen. Aber das hat mich nie von der Arbeit abgehalten. Und das bisschen Arthrose im Alter zählt nicht. In meiner Generation wird nicht so viel rumgejammert.«

»Das weiß ich ja«, beschwichtigte Herr Aydin sofort. Er wollte Frau Helbing nicht verärgern. »Sie haben eine robuste Gesundheit. Sie sind nur – wie soll ich sagen? – gerade nicht in Form. Wie ein Sportler. Der braucht auch Ruhephasen, um wieder Kraft zu tanken.«

»Wenn ich bloß wüsste, wo dieser Gauner steckt. Dieser Kusmin. Er ist der Schlüssel zu allem. Verstehen Sie?«

Frau Helbing hatte Herrn Aydin nicht richtig zugehört. Sie konnte ihre Gedanken nicht von den Geschehnissen der letzten Tage lösen.

»Darf ich?« Herr Aydin legte seine Finger auf Frau Helbings Handgelenk und fühlte ihren Puls. »Ihr Herz schlägt viel zu schnell«, sagte er. »Sie müssen unbedingt zur Ruhe kommen. Am besten legen Sie sich hin. Vielleicht kommt ein schöner Film im Fernsehen, der Sie auf ganz andere Gedanken bringt.«

Mit einem Schmunzeln fügte er hinzu: »Aber bitte keinen Krimi!«

»Wenn Sie meinen.«

Herr Aydin nickte zufrieden.

»Wissen Sie was?«, sagte er. »Ich werde Sie nach Hause bringen.«

Bevor Frau Helbing etwas dagegen sagen konnte, stand er auf und zog sich einen Mantel über. Als er die Ladentür abgeschlossen hatte, bot er Frau Helbing seinen Arm an. Dankbar hakte sie sich unter. Das fand sie toll. Wie eine Prinzessin fühlte sie sich.

Herr Aydin ging in einem angenehmen Tempo und achtete darauf, dass Frau Helbing nicht stolperte. Auf so eine charmante Idee wäre Hermann nie gekommen. Wie unterschiedlich die Männer sein können, dachte Frau Helbing. Schade, dass der Heimweg so kurz ist. Als Herr Aydin vor ihrer Haustür zum Stehen kam, wollte sie sich gar nicht von seinem Arm lösen. Bis ans Ende der Welt hätte sie noch am Arm des Schneiders spazieren können. Unterwegs hatte Herr Aydin ihr erzählt, dass er am Sonntag im Kino gewesen sei und welch köstlichen Käsekuchen er in einem kleinen Café in Winterhude gegessen habe. Und am Samstagabend habe er Gäste gehabt und drei Gänge gekocht. Es war deutlich zu spüren, wie sehr er Frau Helbing von ihren düsteren Gedanken ablenken wollte. Schließlich rang er ihr noch das Versprechen ab, am nächsten Tag den Hausarzt aufzusuchen, und verabschiedete sich galant.

Frau Helbing war glücklich, mit Herrn Aydin befreundet zu sein. Sie konnte immer auf ihn zählen. Stets hörte er ihr geduldig und verständnisvoll zu. Er war nicht so ein Hallodri wie Pitt. Herr Aydin war verlässlich. Und wer war das heutzutage noch? Jetzt war es aber tatsächlich Zeit, die Füße hochzulegen und ein bisschen zu ruhen.

Müde öffnete sie die Haustür und betrat den dunklen Treppenaufgang. Frau Helbing konnte die Stufen nur schwer erkennen. Sie war bereits auf der ersten Etage angekommen, als ihr auffiel, wie dunkel es im Treppenhaus war. Viel dunkler als gewöhnlich. Das Licht hier war schon immer fahl gewesen und hatte nie jemanden geblendet, aber es hatte Frau Helbing immer gereicht, um sich gut orientieren zu können. Sie warf einen Blick nach oben. Vor ihrer Wohnung war es stockdunkel. Jetzt ist auch noch die Glühbirne durchgebrannt, dachte sie. Ausgerechnet in der dunkelsten Jahreszeit. Und bis der Hausmeisterdienst käme, konnten gut und gerne ein paar Tage ins Land gehen. Das wusste sie aus Erfahrung. Sicherheitshalber nahm sie schon mal den richtigen Schlüssel zwischen Zeigefinger und Daumen. So schlecht, wie sie mittlerweile sehen konnte, würde sie das Schloss an ihrer Tür bestimmt nicht finden.

Langsam und vorsichtig nahm Frau Helbing Stufe um Stufe. Oben angekommen, tastete sie mit beiden Händen ihre Tür ab und versuchte, das Schlüsselloch zu treffen. Das war gar nicht so einfach. Mehrfach schimpfte sie leise vor sich hin. Plötzlich zuckte Frau Helbing zusammen, als sie ein Geräusch und aus den Augenwinkeln eine Bewegung wahrnahm. In der Annahme, es sei ihr unsichtbarer Nachbar rief sie: »Herr Paulsen! Wollen Sie mich zu Tode erschrecken?«

Es war aber nicht Herr Paulsen. Das wurde ihr schlagartig bewusst.

Ein Arm packte sie von hinten um die Schulter und hielt ihren Körper wie eine Schraubzwinge fest. Dann kam eine Hand von der anderen Seite und presste ihr ein Tuch auf Mund und Nase. Zwei Atemzüge später hatte sie das Bewusstsein verloren.

18

Frau Helbing wähnte sich einige Minuten lang in einem Albtraum gefangen, bevor sie realisierte, in welch misslicher Lage sie sich befand. Sie lag auf ihrem Sofa. Das konnte sie in der Morgendämmerung, die das Wohnzimmer schwach ausleuchtete, erkennen. Es musste Vormittag sein, denn die Zeiger der Wanduhr standen auf Viertel vor neun, und abends war es im Januar um diese Zeit bereits stockdunkel. Wieso sie morgens auf dem Sofa lag, war ihr rätselhaft. Viel irritierender fand sie aber die Tatsache, dass sie sich nicht frei bewegen konnte. Ihre Hand- und Fußgelenke waren gleich mehrfach mit braunem Paketband umwickelt, und es war aussichtslos, diese Fesseln mit der Kraft einer alten Frau sprengen zu wollen. Als wäre das alles nicht beklemmend genug, war ihr Mund ebenfalls zugeklebt. Die Lage war nicht nur beängstigend, sondern auch enorm unbequem. Damit ihre Hände besser durchblutet wurden, bewegte Frau Helbing die Finger. Wenn sie den Kopf zur Seite drehte, konnte sie fast das ganze Zimmer überblicken. Offensichtlich war sie allein.

Angestrengt kramte sie in ihren Erinnerungen. Gestern war sie am frühen Abend bei Herrn Aydin gewesen. Der Schneider hatte sie sogar nach Hause begleitet. Aber was war danach passiert? Jemand musste sie überwältigt, auf das Sofa gelegt und verschnürt oder besser gesagt verklebt haben. Und jetzt konnte sie nichts anderes tun, als zu warten. Worauf auch immer.

Nach einer Weile hörte sie in der Küche Geräusche. Die Kaffeemaschine prustete gurgelnd die Reste aus dem Wasserbehälter in den Filter. Ein Kaffee wäre jetzt nicht schlecht, dachte sie. Aber es war bestimmt nicht der Zimmerservice, der in ihrer Küche herumfuhrwerkte, um sie gleich zu bedienen. Hier war ein ungebetener Gast am Werk.

Auf dem Wohnzimmertisch entdeckte Frau Helbing einen Revolver mit aufgeschraubtem Schalldämpfer.

»Kusmin!«, rief sie erschrocken.

Es klang aber eher wie: »Pwf-pwf«, weil ihre Lippen durch das Paketband fest aufeinandergepresst wurden.

Es dauerte nicht lange, bis der Mann, den sie unter dem Namen Geiger kennengelernt hatte, mit einer Tasse Kaffee in der Hand das Zimmer betrat. Als er sah, dass Frau Helbing ihn ansah, verzog sich sein Gesicht zu einem hämischen Grinsen.

Frau Helbing musterte ihn mit festem Blick. Auf keinen Fall wollte sie ihm gegenüber ängstlich wirken, auch wenn ihr gerade mulmig zumute war.

»Guten Morgen, Frau Helbing«, sagte Herr Kusmin.

Dann setzte er sich und trank in aller Ruhe seinen Kaffee. Er wirkte betont entspannt und würdigte Frau Helbing keines Blickes.

Frau Helbing fand das gemein, aber was konnte man von einem Verbrecher anderes erwarten? Bestimmt hatte er als Kind Katzen gequält, dachte sie. Er wollte, dass sie sich ihrer ausweglosen Situation im Klaren war und sich in eine panische Angst hineinsteigerte.

Frau Helbing versuchte genau das nicht zuzulassen. In ihrer Not besann sie sich auf Heides Meditationsratschläge. Bewusst begann sie zu atmen. Alles Unangenehme blendete sie aus. Herrn Kusmin, das Paketband, ihre Rückenschmerzen. Konzentriert nahm sie wahr, wie die Luft durch ihre Nase in die Lunge strömte, um den Körper gleich darauf wieder zu verlassen.

»Ich lebe«, sagte sie sich in Gedanken immer wieder. »Ich lebe.«

Die Frage »Wie lange noch?«, die sich unweigerlich aufdrängte, versuchte sie zu ignorieren.

Gerade hatte sie das Gefühl, eine Ahnung davon zu bekommen, was es hieß, im Einklang mit sich selbst zu sein, als Herr Kusmin alles zunichtemachte.

Er stellte seine Tasse – ohne Untersetzer, wie Frau Helbing sofort bemerkte – schwungvoll auf den Tisch und sagte mit einer knarzigen Stimme: »Hören Sie mir zu.«

Was soll ich auch sonst machen?, dachte Frau Helbing ungehalten. Dazwischenquatschen kann ich ja nicht, mit dem ganzen Klebeband im Gesicht.

»Noch nie in meinem Leben habe ich eine alte Frau gequält. Gott ist mein Zeuge.«

Hier machte er eine kleine Pause, hob den Blick und bekreuzigte sich.

»Also zwingen Sie mich nicht, brutal zu werden.«

Jemanden in seine Gewalt zu bringen, zu verkleben und in unkomfortabler Lage liegen zu lassen hatte also für Herrn Kusmin mit Brutalität nichts zu tun, hörte Frau Helbing aus seinen Worten heraus. Und wieso waren diese barbarischen Mörder eigentlich immer katholisch und mussten sich zwanghaft bekreuzigen?, fragte sie sich.

»Sie dürfen gleich reden«, sagte Herr Kusmin und kam auf sie zu. »Bitte rufen Sie nicht um Hilfe. Sie würden es sofort bereuen.«

Seine letzten Worte klangen eisig kalt. Frau Helbing fröstelte plötzlich. Dann riss Herr Kusmin mit einem Ruck das Paketband von ihrem Mund. Nur mit Mühe konnte sie einen Schrei unterdrücken. Sofort spürte sie mit der Zunge nach, ob ihre Lippen noch da waren. Hat er nicht versprochen, auf Brutalität zu verzichten?, fragte sie sich wütend.

»Brav«, sagte Herr Kusmin.

»Sie sollten sich schämen«, schimpfte Frau Helbing. Sie sprach leise, aber mit Nachdruck. »Wissen Sie, dass ich leide? Wissen Sie, dass ich Durst habe? Wissen Sie, dass Ihr Verhalten unmenschlich ist?«

»Ich mache meinen Job«, sagte Herr Kusmin ungerührt.

Dafür hatte Frau Helbing in gewisser Weise Verständnis. Tatsächlich hatte sie Respekt vor Menschen, die ihre Arbeit ernst nahmen. Menschen, die nicht schon am frühen Morgen auf den Feierabend schielten, sich von Urlaub zu Urlaub hangelten und wegen jeder Lappalie einen Krankenschein einforderten. Aber sollte sie deswegen Herrn Kusmins Engagement im kriminellen Milieu anerkennen?

Bevor sie darüber nachdenken konnte, sagte Herr Kusmin: »Sie haben sich selbst in diese Situation gebracht. Also jammern Sie nicht.«

»Wenn Sie Ihren Ausweis zurückhaben wollen, sind Sie bei mir falsch. Den hat die Polizei«, sagte Frau Helbing.

Herr Kusmin schien amüsiert.

»Ausweise habe ich genug«, sagte er. »Das ist mein neuster.«

Er zog einen Pass aus der Tasche und hielt ihn Frau Helbing vors Gesicht. Ohne Lesebrille war es schwer, die kleine Schrift zu entziffern, aber sie erkannte, dass neben Herrn Kusmins Foto Friedrich Jacobsen stand.

»Und deswegen haben Sie den armen Fiete umgebracht?«, sagte Frau Helbing vorwurfsvoll. »Um seine Identität zu klauen?«

»Ich habe ihn nicht umgebracht«, widersprach Herr Kusmin vehement. »Mit Herrn Jacobsens Tod habe ich nichts zu tun.«

Das erstaunte Frau Helbing.

»Aber Frau Fischer und Frau Sobotka haben Sie auf dem Gewissen«, hakte sie nach.

Sie wollte jetzt die ganze Geschichte aus erster Hand hören. Wenn ihr Leben hier und heute von einem Killer beendet werden würde, dann nicht, ohne dass sie vorher die Wahrheit erfuhr.

»Frau Sobotka«, sagte er anerkennend. »Sie sind gut informiert.«

Frau Helbing fühlte sich geschmeichelt.

»Die Dame hat vor vierzehn Jahren gegen ein Mitglied der russischen Mafia ausgesagt und war seither in einem Zeugenschutzprogramm«, fügte sie, nicht ohne Stolz über ihr Polizeiwissen, an.

Herr Kusmin nickte.

»Wie haben Sie sie gefunden?«, fragte Frau Helbing.

Herr Kusmin überlegte kurz, bevor er zu reden anfing.

»Wissen Sie«, begann er bedächtig. »Sie können den

Wohnort wechseln. Sie können einen anderen Namen annehmen. Sie können sogar Ihr Gesicht operieren lassen. Aber Sie können Ihr Wesen nicht ablegen.«

Frau Helbing dachte über seine Worte nach.

»Sie meinen, die Gefühle, die Vorlieben, die Ansichten, alles, was uns ausmacht, bleibt weiter bestehen?«

»Genau«, bestätigte Herr Kusmin. »Und das sind die Schwachstellen.«

Jetzt war Frau Helbings Interesse geweckt.

»Welche Schwachstelle haben Sie denn bei Frau Sobotka gefunden?«, fragte sie.

Herr Kusmin grinste.

»Pfeilgiftfrösche«, sagte er.

»Pfeilgiftfrösche?«

Frau Helbing war die Verblüffung ins Gesicht geschrieben.

»Wie viele Leute kennen Sie, die diese Tiere zu Hause haben?«, fragte Herr Kusmin. Noch bevor sie antworten konnte, redete er weiter. »Niemanden, richtig. Also gibt es nur eine sehr kleine Gruppe von Menschen, die sich für diese kleinen bunten Viecher interessiert. Ein paar Verrückte, die sich in Onlineforen austauschen, bei bestimmten Händlern kaufen, Fotos ihrer Lieblinge verschicken und so weiter.«

»Und Sie wussten, dass Frau Sobotka schon immer eine Schwäche für Baumsteigerfrösche hatte, und haben diese Szene über einen längeren Zeitraum beobachtet«, ergänzte Frau Helbing.

Plötzlich wurde ihr klar, welcher Fehler der Heimleiterin zum Verhängnis geworden war. Frau Sobotka hätte sich besser einen Hund oder eine Katze zugelegt. Aber die mochte sie ja nicht leiden. Stattdessen hatte sie weiterhin seltene Frösche gehalten.

»Gut, Sie haben sie also aufgespürt. Und ich muss sagen, dass ich von Ihrer Herangehensweise beeindruckt bin. Auch wenn ich Ihr Geschäftsmodell ablehne und mafiöse Methoden generell verabscheue. Aber ich frage mich, warum Sie Frau Sobotka nicht gleich getötet haben, nachdem Sie ihr auf die Schliche gekommen waren?«

»Kompensation«, sagte Herr Kusmin trocken.

»Kompensation?«

Frau Helbing verstand nicht recht.

»Durch Frau Sobotka ist unserer Organisation ein erheblicher finanzieller Schaden entstanden. In so einem Fall bieten wir erst mal ganz nett an, einen Ersatz zu leisten.«

»Man kann sich also freikaufen?«, fragte Frau Helbing. »Sagen wir, mit einer halben Million?«

»Nein, man kann sich nicht freikaufen. Aber wir verschonen dann die Eltern, die Kinder oder nahe Verwandte.«

Frau Helbing war über die Kaltblütigkeit dieses Mannes entsetzt. Frau Sobotka wusste also, dass sie sterben würde, und hatte versucht, ihre Angehörigen zu retten. Was für eine entsetzliche Situation. Kein Wunder, dass die Frau nicht mehr klar denken konnte.

»Und was hat sie Ihnen angeboten?«, wollte Frau Helbing wissen.

»Knapp siebenhunderttausend Euro.«

»Wussten Sie, woher Frau Sobotka das Geld nehmen wollte?«, fragte Frau Helbing.

»Warum fragen Sie?«, sagte Herr Kusmin. »Sie wissen es doch.«

»Stimmt genau. Sie wollte das Geld klauen. Einem alten Mann«, empörte sich Frau Helbing. »Meinem Freund Fiete.«

Dann dachte sie an den extremen Druck, der auf der Heimleiterin gelastet hatte. Würde nicht jeder alles in seiner Macht Stehende tun, um das Leben seiner Nächsten zu retten?, fragte sie sich. Frau Helbing hoffte, selbst nie in eine solche Situation zu kommen.

»Die Fischer hat sich auch aufgeregt. Ich weiß nicht, wie die Wind von der Sache gekriegt hat«, sagte Herr Kusmin. »Vielleicht war ihr aufgefallen, dass Anna fünftausend Euro von Herrn Jacobsens Girokonto abgehoben hatte, um meinen neuen Ausweis zu bezahlen. Frau Fischer hat leider gleich mit der Polizei gedroht und wollte Anzeige erstatten. Einen Riesenaufstand hat die gemacht. Anna hat sie dann, auf meinen Rat hin, zu einem klärenden Gespräch in ihr Büro eingeladen.«

»Aber nicht die Heimleiterin, sondern Sie haben dort auf Frau Fischer gewartet. Und dann haben Sie die arme Frau einfach aus dem Fenster gestoßen.«

Herr Kusmin zuckte mit den Schultern.

»Ich bin ein Problemlöser«, sagte er ruhig.

»Sie sind ein Mörder«, stellte Frau Helbing klar.

»Und Sie sind ein Problem«, sagte Herr Kusmin ungerührt.

Frau Helbing musste schlucken. Was will er wohl damit sagen?, fragte sie sich. Hatte sie überhaupt eine Chance, hier lebend herauszukommen? Gerade weil sie diese Frage nicht eindeutig beantworten konnte, wollte

Frau Helbing alles wissen, was in der letzten Woche passiert war. Herr Kusmin schien ihr gerade sehr gesprächig zu sein.

»Warum sind Sie eigentlich auf die Idee gekommen, unter falschem Namen im Heim zu wohnen?«, fragte sie. »Erhöht das den Druck auf das Opfer, wenn der Killer in unmittelbarer Nähe präsent ist?«

»So könnte man das sagen.«

Herr Kusmin lächelte Frau Helbing kurz an. Es war nur der Bruchteil einer Sekunde, aber Frau Helbing hatte das Gefühl, er hege eine gewisse Sympathie für ihren Drang, die Wahrheit ans Licht zu bringen. Das wollte sie nicht ungenutzt lassen.

»Am Freitag sind Sie uns gefolgt«, sagte sie. »Also Fiete, Pitt und mir, als wir zum Hafen gefahren sind. Sie haben uns im Eingangsbereich gesehen und spontan den Entschluss gefasst, Herrn Jacobsen zu entführen. So war es, nicht wahr?«

Herr Kusmin schüttelte den Kopf.

»Nein«, sagte er. »Geplant hatte ich gar nichts. Ich wollte Sie nur im Auge behalten.«

»Warum das denn?«

»Ich hatte gerade den Personalausweis auf den Namen Friedrich Jacobsen erhalten. Ich kenne einen Fälscher in Minsk, der phantastische Arbeit abliefert. Daraufhin habe ich mir einen Termin bei der Bank gemacht. Es war alles gut geplant. Aber dann tauchten Sie im Foyer auf und verkündeten lautstark, die Betreuung für Herrn Jacobsen übernehmen zu wollen. Die Gefahr, dass Sie mit Ihrem Freund spontan zur Bank gehen und mir den Zugang zum Depot versauen, war zu groß. Aber Sie haben nur Fischbrötchen gegessen. Und dann sind die Männer in den Silbersack gegangen.«

Herr Kusmin hielt kurz inne.

»Und dort ist Herr Jacobsen gestorben.«

»Er ist im Silbersack gestorben?«, fragte Frau Helbing ungläubig. »Einfach so?«

»Ja.« Herr Kusmin nickte. »Er ist plötzlich in seinem Rollstuhl zusammengesackt. Direkt neben dem Tresen. Ich habe sofort gesehen, dass er tot war. Sein Freund hat das gar nicht mitbekommen. Der hatte schon einen im Tee. Außerdem war es voll und laut.«

»Und das soll ich Ihnen glauben«, sagte Frau Helbing böse.

»Ich versichere Ihnen«, sagte Herr Kusmin, »weil ich Sie irgendwie mag, Herr Jacobsen ist einfach eingeschlafen und nicht wieder aufgewacht.«

Er bekreuzigte sich gleich zweimal, als wollte er Frau Helbing eine Art Indianerehrenwort geben.

Eigentlich kein schlechter Tod, fand Frau Helbing. In seiner Lieblingskneipe kurz und schmerzlos die Welt zu verlassen. Da kannte sie aus dem näheren Bekanntenkreis ganz andere Schicksale. Das Leben geht manchmal erst nach einem langen Leidensweg auf sehr dramatische Weise zu Ende, wusste sie.

»Und dann?«, fragte Frau Helbing.

»Als dieser Freund mit der Mütze auf dem Klo war, habe ich den alten Mann mitgenommen. Er saß ja praktischerweise in einem Rollstuhl.«

Frau Helbing gruselte die Vorstellung, nachts einen Toten durch die Stadt zu schieben.

»Ich musste handeln«, fuhr Herr Kusmin fort. »Früher

oder später hätte jemand die Leiche bemerkt, und wenn Herr Jacobsen offiziell verstorben wäre, hätte ich keine Chance mehr gehabt, an das Geld zu kommen.«

»Stimmt. *Sie* wollten ja als Herr Jacobsen auftreten«, sagte Frau Helbing. »Dann sind Sie auf die Idee gekommen, Herrn Geiger sterben zu lassen. Und Frau Sobotka musste ihre Beziehungen spielen lassen, um Fietes Leiche unter dem Namen Geiger zu beseitigen. Oder haben Sie den Bestatter unter Druck gesetzt?«

»Das war nicht nötig«, antwortete Herr Kusmin.

Ein Glück für Herrn Lehmann, dass er mitgespielt hatte, dachte Frau Helbing. Zweifellos hätte Herr Kusmin dem Bestatter mit der Heckenschere einen Finger nach dem anderen abgeschnitten, um ihn zu überzeugen. Da hatte Frau Helbing keinen Zweifel.

»Und dann haben Sie Frau Sobotka erschossen«, sagte Frau Helbing. »Die arme Frau.«

»Ich habe sie nicht mehr gebraucht.«

Herr Kusmin schien nicht mal im Ansatz ein schlechtes Gewissen zu haben. Was macht einen Menschen so gefühllos?, fragte sich Frau Helbing. Konnte man von Geburt an kalt und skrupellos sein, oder entwickelte sich diese Bösartigkeit erst durch mangelhafte Erziehung und den falschen Umgang?

»Sie brauche ich dagegen noch«, sagte Herr Kusmin.

Frau Helbing wurde plötzlich klar, was Herr Kusmin von ihr wollte. Sie lag hier nicht gefesselt auf dem Sofa, weil er aus Spaß jemanden quälen wollte. Nein, er hatte ein Problem, mit dem er nicht gerechnet hatte.

»Sie kommen nicht an das Geld. Hab ich recht?«, sagte sie und konnte sich ein Lächeln nicht verkneifen. »Gestern waren Sie mit Ihrem neuen Ausweis bei der Bank und wollten das Depot auflösen. Aber Pustekuchen.« Herr Kusmins Miene verfinsterte sich. »Ich weiß nicht, wie Sie es angestellt haben«, sagte er, »aber das Depot unter dem Namen Jacobsen gibt es nicht mehr.«

»Blöd, was?«, sagte Frau Helbing keck.

Plötzlich hatte sie Angst vor der eigenen Courage. Zweifellos war es gefährlich, diesen Mann zu provozieren. Herr Kusmin würde ihr ins Bein schießen, ohne mit der Wimper zu zucken, oder Schlimmeres, da war sich Frau Helbing sicher.

»Das kann man so sagen«, erwiderte er ruhig.

Dann warf er ihr einen Blick zu, der ihr das Blut in den Adern gefrieren ließ. Frau Helbing glaubte, in tote Augen zu blicken. Herr Kusmin hatte etwas Unmenschliches an sich. Und doch redete er mit den Pupillen. Sein Mund blieb verschlossen, aber Frau Helbing konnte im Innersten seines Augapfels lesen, dass sie jetzt gut daran täte, die Wahrheit zu sagen, oder andernfalls nie für möglich gehaltene Qualen erleiden würde.

»Wir haben das Depot auf einen Freund überschrieben«, beeilte sie sich zu erklären. »Schröter. Peter Schröter. Er hatte eine Vollmacht.«

Er hatte eine Vollmacht, klang wie eine Entschuldigung, dachte sie. Als wollte sie sich herausreden. Dabei hatte sie selbst die Initiative ergriffen, das Geld in Sicherheit zu bringen. Frau Helbing wollte sich nicht aus der Verantwortung stehlen.

»Ich habe das veranlasst«, sagte sie. »Und ich kann das auch wieder rückgängig machen. Lassen Sie Pitt bitte aus der Sache heraus.«

Herr Kusmin dachte nach. Frau Helbing hörte nur seinen Atem. Dieses Geräusch kam ihr bekannt vor. Sie war sich sicher, dass er der mysteriöse Anrufer gewesen war, den sie gestern am Telefon gehabt hatte. Vermutlich hatte er sie im Telefonbuch ausfindig gemacht und wollte sich vergewissern, ob Nummer und Adresse noch korrekt waren. Der Mann überließ bestimmt nichts dem Zufall.

»Ich rufe Pitt am besten mal an und kläre das«, sagte Frau Helbing.

Sie versuchte dabei möglichst naiv zu klingen.

»Bei der Gelegenheit könnten Sie mich von meinen Fesseln befreien. Mir tun langsam alle Knochen weh.«

Das war nicht gelogen. Seit Stunden schon musste Frau Helbing in dieser unangenehmen Position verharren. Verspannungen und Druckstellen marterten ihren Körper. Wenn sie nicht bald die Möglichkeit bekäme, sich zu bewegen, würden wahrscheinlich erste Körperteile absterben.

Herr Kusmin war es offensichtlich völlig egal, ob sie Schmerzen litt. Er ging nicht auf ihre Bemerkung ein.

»Geben Sie mir die Adresse von Herrn Schröter«, sagte er barsch.

Frau Helbing spürte pochend ihren Herzschlag. Sie konnte Pitt unmöglich ans Messer liefern. Dieser Verbrecher würde ihn zwingen, die Aktien zu verkaufen, und danach töten. Daran hatte sie keinen Zweifel.

Hektisch schmiedete sie einen groben Plan. Er war nicht wirklich zu Ende gedacht, aber etwas Besseres fiel ihr in den paar Sekunden, die ihr zur Verfügung standen, nicht ein. Sie würde Herrn Kusmin eine falsche Adresse geben. So schnell würde er das nicht überprüfen können.

Wenn er gegangen war, könnte sie sich vorsichtig vom Sofa auf den Boden gleiten lassen, zum Telefon im Flur robben und die 110 wählen. Vielleicht klappte das. Etwas Ähnliches hatte Inspektor Murphy mal gemacht, als er den Aufenthaltsort einer Kronzeugin verraten sollte und ebenfalls gefesselt auf einem Sofa lag. Allerdings funktionierten solche Aktionen in Büchern immer besser als in der Realität. Das hatte Frau Helbing schon oft gedacht. Gerade wenn der Leser die ausweglose Situation des Protagonisten erkannte, konnte dieser sich immer galant befreien. Zur Not sprang auch mal spontan ein Sondereinsatzkommando der Polizei aus einem Kleiderschrank und regelte die Sache. Im wirklichen Leben sah das natürlich ganz anders aus. Egal, dachte Frau Helbing.

»Dithmarscher Straße 34«, sagte sie.

Das war ihr eben in den Sinn gekommen, weil ihre Schwester da mal gewohnt hatte. Der Stadtteil Dulsberg befand sich auf der anderen Seite der Alster. Es würde ein bisschen dauern, bevor Herr Kusmin feststellte, dass Frau Helbing ihn belogen hatte.

Natürlich würde seine Rache brutal und gnadenlos ausfallen, aber Frau Helbing hoffte, sich vorher in Sicherheit bringen zu können. Wie auch immer.

»Verarschen Sie mich nicht«, sagte Herr Kusmin. »Ich komme wieder.«

Er nahm das Paketband zur Hand, und bevor Frau Helbing sich versah, war ihr Mund wieder fest verklebt.

Dieser Mann hatte keine Manieren. Mit dem D-Zug durch die Kinderstube, wie Frau Helbings Mutter immer zu sagen gepflegt hatte. Ein Gentlemanverbrecher der alten Schule hätte ihr bestimmt angeboten, die Glieder kurz zu strecken und noch mal die Toilette aufzusuchen, bevor er eine alte Dame gefesselt liegen ließ. Herr Kusmin hatte für so etwas keinen Sinn. Grob ging er zu Werke, und zu Frau Helbings Verblüffung beließ er es nicht bei einem Knebel, sondern umwickelte mit seinem Band mehrfach das ganze Sofa, sodass sie untrennbar mit dem Polstermöbel verbunden war. Das warf ihren ganzen Plan über den Haufen. Wie sollte sie jetzt von der Sitzfläche auf den Boden rutschen und zum Telefon robben?

»Moment!«, rief sie entsetzt, aber es klang wieder wie »Pwf-pwf«.

Mit einem verklebten Mund ist eine Artikulation nicht nur schwierig, sondern unmöglich, stellte sie fest.

Herr Kusmin nahm seine Pistole vom Tisch und ging, ohne Frau Helbing eines weiteren Blickes zu würdigen. Sie hörte, wie die Wohnungstür ins Schloss fiel. Jetzt hatte sie sich was eingebrockt.

Es war plötzlich ganz still. So still, dass sie vernahm, wie ihr Magen knurrte. Kein Wunder, dachte sie. Gestern Abend hatte sie nichts mehr zu sich genommen, und das Frühstück war auch ausgefallen. Wahrscheinlich würde sie ohnehin nie wieder etwas essen. In ihrer Phantasie verspeiste sie eine Scheibe Graubrot mit Quittengelee und trank dazu eine Tasse Kaffee. Das würde sie sich als Henkersmahlzeit wünschen, wenn es dazu eine Gelegenheit gäbe. Quittengelee hatte sie immer gerne gegessen. Jeden Morgen, um genau zu sein. Aber nun hieß es Abschied nehmen. Vom Quittengelee, von Hamburg, vom Leben. Ganz schwer wurde ihr plötzlich ums Herz.

Gerade ergab sich Frau Helbing ihrem Schicksal, als sie

aus den Augenwinkeln eine Messerklinge auf Höhe ihrer Schulter bemerkte. Sollte Herr Kusmin schon zurück sein, um sie zu foltern?

Mit Mühe schaffte sie es, ihren Kopf noch ein wenig zur Seite zu drehen.

»Herr Paulsen!«, rief sie überrascht.

Es klang natürlich: »Pwf-pwf-pwf.«

Das war ihr aber egal. Sie hätte nie gedacht, dass sie sich mal so freuen würde, Herrn Paulsen zu sehen. Ihn überhaupt wahrzunehmen hatte ja schon Seltenheitswert.

Herr Paulsen befreite sie mit ein paar gezielten Schnitten.

»Das wird jetzt ein bisschen wehtun«, sagte er und zog ihr behutsam das Paketband vom Mund.

Nur mit Mühe konnte sich Frau Helbing aufrichten. Stöhnend bewegte sie alle Gelenke. Dann sah sie Herrn Paulsen verwundert an.

»Wie kommen Sie denn hier rein?«, fragte sie.

»Na ja«, Herr Paulsen begann wild zu gestikulieren. »Gestern hat jemand bei mir geklingelt und sich als Paketbote ausgegeben. An der Gegensprechanlage habe ich sofort die Stimme von Herrn Geiger erkannt. Das war wirklich merkwürdig. Also habe ich mich ins Treppenhaus gestellt und beobachtet, wie dieser Verbrecher auf ihrer Etage die Glühbirne aus der Lampe gedreht und dann im Dunkeln gewartet hat. Mal sehen, was das wird, habe ich gedacht und ebenfalls gewartet. Als Ornithologe kann ich sehr geduldig beobachten. Vor allem auch unbemerkt, wie Sie wissen.«

Frau Helbing hätte ihn umarmen können.

»Gut gemacht«, sagte sie anerkennend. »Und was ist dann passiert?«

»Er hat Ihnen von hinten einen Lappen auf das Gesicht gepresst. Vermutlich mit Chloroform oder etwas Ähnlichem getränkt. Sie sind jedenfalls sofort ohnmächtig geworden und in seinen Armen zusammengesackt. Dann hat er die Tür geöffnet und Sie in die Wohnung getragen. Die Gelegenheit habe ich genutzt, um hinter ihm herzuschleichen und mich in Ihrem Schlafzimmer zu verstecken.«

»Hatten Sie nicht fürchterliche Angst, entdeckt zu werden?«, fragte Frau Helbing.

»Schon«, gab Herr Paulsen freimütig zu. »Aber als er Sie auf das Sofa gelegt hatte und zurückkam, hat er die Wohnungstür von innen abgeschlossen und den Schlüssel abgezogen. Ich konnte gar nicht mehr weg. Er hat übrigens ein paar Stunden in Ihrem Bett geschlafen. Zum Glück konnte ich mich rechtzeitig im Kleiderschrank verstecken.«

»In meinem Bett geschlafen? Ein Mörder?« Frau Helbing schüttelte sich.

»Das ist nicht so schlimm«, versuchte Herr Paulsen zu beschwichtigen. »Herr Geiger hat sogar die Schuhe ausgezogen.«

»Der Mann heißt gar nicht Geiger, sondern Kusmin«, erklärte Frau Helbing. »Und er wird von der Polizei gesucht. Ich muss sofort Herrn Borken anrufen.«

»Lassen Sie uns bitte erst nach oben in meine Wohnung gehen«, sagte Herr Paulsen. »Da sind wir in Sicherheit.«

»Gute Idee«, sagte Frau Helbing.

Bevor Frau Helbing die Wohnung verließ, schnappte

sie sich Herrn Borkens Visitenkarte und den Schlüsselbund ihres verstorbenen Mannes.

Während sie die Treppe hochstiegen, fragte Frau Helbing: »Was meinen Sie? Schicken wir die Polizei in die Dithmarscher Straße, oder warten die Beamten besser hier, bis er wieder zurückkommt?«

»Am besten überwältigen die ihn auf offener Straße«, sagte Herr Paulsen. »Da ist der Überraschungsmoment am größten.«

»Aber wir wissen ja gar nicht, wo dieser Kusmin jetzt steckt«, sagte Frau Helbing besorgt.

»Gleich kann ich Ihnen das ganz genau sagen«, erwiderte Herr Paulsen, als er die Tür zu seiner Wohnung aufschloss.

»Sind Sie Hellseher?«, fragte Frau Helbing scherzhaft. »Sie wissen, wo sich Herr Kusmin aufhält?«

»Ich habe ihm einen Peilsender in die Tasche gesteckt«, sagte Herr Paulsen trocken.

»Einen was?«, fragte Frau Helbing erstaunt nach.

»Einen Peilsender. Ich hatte zufällig noch einen in der Jacke. Eigentlich wollte ich damit im letzten Sommer einen Weißstorch …« Herr Paulsen unterbrach sich. »Ist jetzt nicht so wichtig. Kommen Sie bitte rein.«

19

Das ist aber lecker«, sagte Herr Paulsen mit vollem Mund. »Genauso muss das schmecken.«

Herr Aydin dagegen stocherte noch unentschlossen in dem Kartoffel-Corned-Beef-Mus herum und betrachtete argwöhnisch die Konsistenz seiner Mahlzeit.

»Aha«, murmelte er verlegen.

»Das habe ich bestimmt hundert Jahre nicht mehr gegessen!«, rief Heide begeistert. »Verrückte Idee!«

Der lustige Pitt schwieg, schob sich aber mit Schwung einen ganzen Heringslappen in den Mund. Er schien großen Hunger zu haben.

Frau Helbing beobachtete vergnügt ihre Gäste. Den ganzen Vormittag über hatte sie gekocht und im Wohnzimmer hübsch eingedeckt. Ein richtiges Sonntagsessen wollte sie auf den Tisch zaubern. So wie früher. Die Idee, einen Schweinebraten zuzubereiten, hatte sie aber schnell verworfen, da Herr Paulsen vehement den versprochenen Labskaus eingefordert hatte und Herr Aydin kein Schweinefleisch aß. Nun gab es das Hamburger Traditionsgericht mit Rollmops, Gurke und Spiegelei. Auch zu Ehren des verstorbenen Kapitäns. Natürlich hatte Frau Helbing auch noch einen Vanillepudding als Nachtisch vorbereitet. Das hatte sie aber noch nicht verraten.

»Ich schlage vor, dass wir mal auf Frau Helbing anstoßen«, sagte Herr Paulsen.

Er hatte vor dem Essen eine Flasche Schnackenheimer Kuckucksberg ausgeschenkt, einen süßlichen Weißwein, der wie bernsteinfarbener Sirup in den Gläsern glänzte. Lediglich Herr Aydin hatte dankend abgelehnt und um ein Glas Wasser gebeten.

»Dank Ihrer Hilfe«, fuhr Herr Paulsen fort und sah Frau Helbing dabei direkt an, »konnte die Polizei einen Mörder dingfest machen, der nicht nur für den Tod von Frau Fischer und Frau Sobotka verantwortlich gemacht wird, sondern vermutlich eine Vielzahl weiterer Menschen auf dem Gewissen hat.«

Dann rief er: »Auf Frau Helbing«, und alle tranken einen Schluck.

Frau Helbing war ein bisschen verlegen.

»Ach, ich bin ja nur so zufällig in die Geschichte hineingestolpert«, sagte sie bescheiden.

»Aber wären Sie nicht wieder einmal hartnäckig Ihrem Instinkt gefolgt, würde dieser Verbrecher noch frei herumlaufen«, sagte Herr Aydin.

»Zur Verhaftung hat Herr Paulsen einen wesentlichen Beitrag geleistet«, warf Frau Helbing ein, die sich nicht mit fremden Federn schmücken wollte. »Widerstandslos und vor allem auch ohne Schießerei konnte Herr Kusmin auf offener Straße überwältigt werden.«

Drei Wochen waren nun schon vergangen, seit Herr Kusmin in Untersuchungshaft saß. Mit seinem Ortungsgerät hatte Herr Paulsen die Polizei durch halb Hamburg gelotst und somit den schnellen und reibungslosen Zugriff ermöglicht. Herr Kusmin war völlig überrascht, als er plötzlich einem Aufgebot schwer bewaffneter Spezialkräfte gegenüberstand. Er hatte bestimmt mit vielem gerechnet, aber nicht mit einem Peilsender für Großvögel in seiner Jackentasche.

Frau Helbing war sehr erleichtert gewesen, als Herr Kusmin endlich hinter Gittern saß. Eine noch größere Freude war es ihr aber gewesen, das Obduktionsergebnis zu hören. Fiete war eindeutig eines natürlichen Todes gestorben. Herr Kusmin hatte mit diesem Todesfall tatsächlich nichts zu tun gehabt. Mittlerweile war Fiete auch schon, seinem Wunsch entsprechend, über rauem Grund bestattet worden. Frau Helbing war mit Pitt zusammen an Bord gewesen, wobei die alte Kanalratte von der Zeremonie wenig mitbekommen hatte. Bei dem hohen Wellengang war Pitt ganz grün im Gesicht geworden.

Frau Helbing fand so eine Seebestattung ganz praktisch. Wenn sie überlegte, wie viel Arbeit die Grabpflege auf einem normalen Friedhof machte.

»Ich möchte gerne auf Fiete anstoßen«, sagte Frau Helbing und hob erneut ihr Glas. »Wir wollen ihn in guter Erinnerung behalten.«

Dieser süffige Müller-Thurgau war genau nach ihrem Geschmack, bemerkte Frau Helbing. Von der Sonne verwöhnt, nicht so ruppig im Hals und mit einer Likörnote. Vielleicht sollte sie Herrn Paulsen mal fragen, wo man den kaufen konnte.

»Was passiert eigentlich mit dem Aktiendepot?«, fragte Heide, nachdem sie getrunken hatte.

»Pitt hat die Aktien verkauft und den Gesamtbetrag an die Deutsche Gesellschaft zur Rettung Schiffbrüchiger überwiesen«, sagte Frau Helbing. »Das wäre mit Sicherheit in Fietes Sinn gewesen.«

»Habt ihr das juristisch abgesichert?«, fragte Heide.

»Ich meine, wenn das Erbe zu Fietes Todeszeitpunkt noch nicht auf Pitt übergegangen war, muss doch …«

»Wenn ich Sie hier mal unterbrechen darf«, sagte Herr Aydin. »Eine frisch verkorkte Flasche sollte man in Ruhe lagern lassen.«

Der hat aber immer tolle Sprüche auf Lager, dachte Frau Helbing.

»Genau«, sagte sie. »Juristisch abgesichert«, äffte sie ihre Freundin nach. »Denk einfach nicht weiter drüber nach.«

»Kann ich noch was haben?«, fragte Pitt.

Er hatte schon den zweiten Teller geleert. Frau Helbing hatte in weiser Voraussicht reichlich gekocht.

»Gerne«, sagte sie zu Pitt und ging in die Küche, um ihm erneut aufzufüllen und in der Pfanne schnell zwei Spiegeleier zu braten.

Herr Aydin aß nach anfänglicher Skepsis ebenfalls mit Appetit.

»Interessantes Gericht«, sagte er und meinte das durchaus lobend.

»Das haben die Seeleute früher auf den langen Fahrten gegessen«, erklärte Pitt. »Pökelfleisch konnte man über Wochen verwenden und die Roten Beten sind gut gegen Skorbut. Sie wissen schon, diese Vitaminmangelerkrankung, bei der einem die Zähne ausfallen.«

»Was haben Sie eigentlich mit dem Schrumpfkopf gemacht?«, fiel Herrn Paulsen bei den Stichworten Pökelfleisch und Skorbut ein.

»Den haben wir mit Fiete verbrennen lassen«, sagte Frau Helbing. »Man darf ja ein paar Dinge mit in den Sarg legen.«

»Na Gott sei Dank«, rief Heide. »Dann hat der ja auch seine Ruhe gefunden.«

»Jetzt ist nur noch das Akkordeon da«, sagte Frau Helbing. »Was soll ich damit bloß machen? Wenn ich nur wüsste, wer so etwas spielen kann.«

Herr Paulsen hob die Hand.

»Also ich würde gerne mal probieren, ob das Instrument gestimmt ist.«

»Können Sie damit umgehen?«, fragte Frau Helbing.

»In jungen Jahren habe ich einen Shantychor begleitet«, sagte Herr Paulsen nicht ohne Stolz.

Frau Helbing räumte die Teller ab und brachte auf dem Rückweg das Schifferklavier mit.

»Wahrscheinlich zerfällt das olle Ding zu Staub, wenn man es spielt«, sagte Heide lachend.

Unbeirrt platzierte Herr Paulsen den Balg auf seinem Schoß, orientierte sich mit den Fingern auf der Tastatur und zog vorsichtig Diskant und Bass in gegensätzliche Richtungen. Der erste Akkord klang wie der Seufzer eines alten Matrosen, der zum letzten Mal in seinen Heimathafen einläuft und nicht weiß, was er mit dem bisschen Leben, das ihm noch bleibt, anfangen soll.

Frau Helbing hatte sofort Gänsehaut.

Herr Paulsen modulierte eine kleine Terz nach oben und begann *Junge komm bald wieder* zu spielen.

Pitt fing sofort an zu singen. Auch Frau Helbing hatte den Text parat und legte ihre Stimme vorsichtig über den Bariton der Männer. Schließlich stieg auch Heide mit ein. Nur Herr Aydin war ganz offensichtlich mit dieser Art des Liedguts nicht vertraut. Weil er aber kein Spielverderber sein wollte, schaukelte er im Takt mit und versuchte, sich sein Unbehagen nicht anmerken zu lassen.

Nach *Nimm uns mit, Kapitän, auf die Reise*, klang *La Paloma* schon viel mutiger. Und auch lauter.

Herr Paulsen holte noch zwei Flaschen Schnackenheimer Kuckucksberg aus seiner Wohnung und schmetterte anschließend *Auf der Reeperbahn nachts um halb eins*, mit einem Schwung, der an den jungen Hans Albers erinnerte.

Die Stimmung war für hanseatische Verhältnisse geradezu karnevalesk, und als Herr Paulsen zum dritten Mal die Gläser füllte, wollte Frau Helbing erst protestieren.

»Ach, was soll's«, sagte sie dann. »Heute lasse ich mal fünfe gerade sein.«